LE MA

YASUSHI INOUÉ

Le Maître de thé

ROMAN TRADUIT DU JAPONAIS
PAR TADAHIRO OKU ET ANNA GUERINEAU

STOCK

NOTE DES TRADUCTEURS

La Voie du Thé n'avait à l'origine qu'un but : déguster le plus délicieux thé possible. Peu à peu, elle s'éloigne de la simple gourmandise et s'oriente vers la recherche d'une manière de préparer et servir le thé : un rituel dont, au XVe siècle, les formes sont définitivement fixées par les Maîtres Jukō et Jyōō (Shōō dans le roman). Imprégnée d'esprit zen, la cérémonie s'organise selon les principes d'austérité et de dépouillement de cette religion.

C'est après cette période fondatrice que Rikyū (1522-1591) entre en scène : il s'efforce d'appliquer ce style « simple et sain » non seulement à la préparation du thé mais à toutes les composantes de la cérémonie, c'est-à-dire à la salle, au décor, aux ustensiles (d'où les longues énumérations des noms dont les Maîtres baptisent leurs plus précieuses céramiques). Il tentera avec plus ou moins de bonheur (il vit en des temps de conflits terribles) de relier la Voie du Thé à celle des guerriers samouraï.

Les personnages de ce roman, y compris le narrateur, ont réellement existé, mais Honkakubō n'a laissé aucun cahier. Tous ses entretiens sont donc une invention de l'auteur.

LES PERSONNAGES

RIKYŪ (SŌEKI) : (1522-1591). Le plus grand Maître de thé du style simple et sain. Il s'est donné la mort pour une raison demeurée mystérieuse.

HONKAKUBŌ : un modeste disciple de Rikyū. Narrateur du récit, il recherche la cause de la mort de son maître en s'entretenant avec les amis et connaissances de celui-ci.

TŌYŌBŌ : un moine ami de Rikyū.

HIDEYOSHI (le Taïkō Toyotomi) : l'une des trois grandes figures de l'unification du Japon. Mécène et protecteur de Rikyū, il le condamne à se donner la mort puis semble revenir, mais en vain, sur sa décision.

KŌSETSUSAÏ OKANO : moine et ancien samouraï appartenant au clan Hojō, et qui, après la défaite de celui-ci, fera allégeance à Hideyoshi.

SŌJI YAMANOUE : le premier disciple de Rikyū, auteur d'un manuscrit sur les principes de la Voie du Thé.

ORIBE FURUTA : successeur de Rikyū auprès de Hideyoshi puis de Ieyasu. Il finira de la même manière que Rikyū.

URAKU ODA : frère cadet de Nobunaga Oda (1534-1582), qui fut le premier unificateur du Japon. Il demande conseil à Honkakubō lors de la construction de son pavillon de thé.

SŌTAN : petit-fils de Rikyū. Il rétablit le style et la renommée de son grand-père. Honkakubō lui raconte certains événements concernant les rapports entre Rikyū et Hideyoshi.

J'ai aujourd'hui entre les mains un journal rédigé par un expert en cérémonie du thé, qui vécut au début du XVIIe siècle. Plutôt que d'un « expert en cérémonie du thé », parler carrément d'un « homme de thé » serait plus approprié.

Le journal se compose de cinq volumes d'environ vingt feuillets chacun, recouverts d'une écriture très serrée. Tantôt monologue, tantôt journal ou mémento, il ne présente pas d'unité mais un style d'écriture extrêmement libre. Peut-être fut-il rédigé par le moine Honkakubō, ou par quelqu'un d'autre ?

J'ambitionne de faire de ce manuscrit, précieusement conservé mais oublié durant de longues années, un journal en langue moderne, débarrassé de certains passages trop répétitifs, complété à certains endroits et agrémenté de quelques explications documentées.

Le manuscrit n'ayant pas de titre, je l'appellerai : *Les Cahiers posthumes du moine Honkakubō.*

Premier chapitre

« Hé, vous, du temple Mii-déra ! Hé ! Vous du temple Mii-déra ! » Lorsque cette voix connue retentit dans mon dos, je voulus prétendre n'avoir rien entendu : on avait dit « temple Mii-déra » distinctement, mais on avait oublié mon nom ! Je m'éloignais en pressant le pas quand l'appel retentit à nouveau :

« Hé ! Monsieur... du temple Mii-déra ! »

Je fus surpris car, malgré sa voix cassée par l'âge, l'homme avait des jambes robustes puisqu'il se trouvait déjà juste derrière moi.

« Vous êtes bien le moine Honkakubō du temple Mii-déra, me dit-il alors, je ne me trompe pas ? »

Impossible à présent de lui fausser compagnie... Je m'arrêtai pour me trouver face à Monsieur Tōyōbō, pour la première fois depuis six ans. Je me sentis submergé de nostalgie ! Il eut beau m'assurer qu'il avait quatre-vingt-trois ans, je ne pouvais le croire tant il était semblable au moine Tōyōbō que j'avais connu à l'époque où Maître Rikyū était encore de ce monde.

« Venez avec moi ! »

Cette seule phrase eut raison de ma résistance.

Moi qui avais eu envie, après toutes ces années, de revoir le feuillage rougi du temple Shinnyo-do, avant que j'eusse fait trois pas, Monsieur Tōyōbō m'avait reconnu...

Il devait être environ deux heures de l'après-midi quand je pris place dans la salle de thé et j'y restai jusqu'à ce que les arbustes du jardin se fussent totalement fondus dans l'obscurité. Je passai là une après-midi très heureuse, oublieux du temps qui s'écoulait.

J'avais déjà pénétré autrefois dans cette pièce, en qualité d'assistant de Maître Rikyū, du temps de son vivant ; rien n'avait changé depuis lors : le rouleau accroché au mur, calligraphie du prince Son-En-Po, le bol à thé conique, son brasero favori dont l'agréable et incessant grésillement me rappelait le murmure du vent... C'était bien là la salle de thé de Monsieur Tōyōbō, connu depuis toujours comme un amateur éclairé.

Il m'offrit un thé excellent ; j'avais l'impression de vivre un rêve. Après quoi, il prit un bol à thé que Maître Rikyū lui avait offert et le plaça devant moi. Je me sentis reconnaissant et très honoré de sa bienveillante sollicitude : j'avais l'impression de me retrouver face à Maître Rikyū

Recouvert d'un bel émail noir, c'était un bol fin et bombé de la meilleure facture. Depuis combien d'années n'avais-je pas touché à ce bol ? Chōjirō, le potier qui l'a façonné, est mort deux ans avant Maître Rikyū ; j'ai moi-même quelques souvenirs liés à ce bol noir... j'étais heureux qu'il fût à présent entre les mains de Monsieur Tōyōbō.

La nuit était déjà bien avancée quand je sortis du temple Shinnyo-do pour rentrer chez moi, où je passai le reste de la soirée plongé dans mes pensées, à me remémorer les propos que nous avions échangés : il y avait des sujets dont j'aurais dû lui parler mais je ne l'avais pas fait, et des questions que j'aurais dû lui poser mais je n'avais osé le faire, ou bien je lui avais dit une chose alors que j'aurais dû en dire une tout autre... J'étais à présent assailli de multiples regrets, me demandant pourquoi j'avais répondu comme je l'avais fait. J'avais mille préoccupations en tête, mais c'était normal : j'étais très excité d'avoir rencontré l'un des proches de Maître Rikyū après si longtemps...

« Toi qui es jeune, pourquoi te caches-tu ainsi ? m'avait dit Monsieur Tōyōbō. Tu es entré dans la Voie du Thé, c'est donc là qu'est ta place. »

C'est exactement cela : j'ai déjà plus de quarante ans, on ne peut donc pas dire que je sois jeune, et d'ailleurs j'ai été incapable de répondre à sa question.

M'éloigner du monde du thé n'a pas été une décision raisonnée, comme celle de me sacrifier pour Maître Rikyū : indécis de naissance, je n'ai d'ailleurs pu me résoudre à me sacrifier pour Maître Rikyū, comme l'aurait fait un véritable homme de thé...

J'ai grandi dans un temple dépendant de Mii-déra. A trente et un ans, je suis entré par hasard au service de Maître Rikyū pour tenir ensuite le rôle d'assistant dans la cérémonie du thé, ce qui me permit de recevoir l'enseignement directement de mon Maître. J'avais quarante ans quand vint l'ordre intimant à mon Maître de se donner la mort. C'est pourquoi, bien que j'en aie fait l'apprentissage, je suis encore loin d'être ce qu'on appelle un homme de thé et n'ai eu que rarement l'occasion d'assister à une cérémonie importante. Cependant, grâce à mon rôle auprès de Maître Rikyū, des gens du monde ont continué à m'honorer parfois de leurs faveurs, m'appelant familièrement « Ḥonkakubō », « Honka-kubō du temple Mii-déra », ou encore m'invitant à une cérémonie du thé...

11

Malgré mon peu d'importance, j'ai eu l'honneur d'être le seul invité d'une cérémonie, la dernière année de Maître Rikyū : je m'en souviendrai toute ma vie ! Quand j'y repense, encore aujourd'hui, j'éprouve cette même concentration du corps et de l'esprit.

C'était juste six mois avant le décès de mon Maître, le 23 septembre, dix-huitième année de l'époque Tenshō[1], dans la résidence du Taïkō[2] Hideyoshi... Les fleurs sauvages dans le vase de poterie Bizen ancienne, la boîte à thé bombée, le bol rayé de Mishima, l'étagère à deux colonnes, la cruche dépareillée ; le menu, qui se composait seulement de riz et de soupe avec un peu de barbane cuite puis une gaufrette grillée et des marrons pour dessert... Cette cérémonie reste gravée en moi comme la cérémonie d'adieu que Maître Rikyū organisa à ma seule intention ; j'en fus l'unique invité : nous étions paisibles et n'avions pas besoin de parler... Je bus le thé préparé par Maître Rikyū.

Je ne peux pas vraiment affirmer avoir terminé l'apprentissage de la Voie du Thé, mais quand on a des amis parmi les gens du thé, on en assimile plus ou moins les principes et, comme l'a dit Monsieur Tōyōbō, je n'ai pas ma place ailleurs. Après la mort de mon Maître, j'aurais sûrement pu trouver une meilleure position en faisant appel à ses disciples ; il y eut même des gens pour m'encourager à le faire. Cependant, j'ai toujours refusé toutes ces aimables propositions, pour rompre toute relation dès que les

---

1. 1590. *(N.d.T.)*
2. Titre donné à l'ex-premier conseiller de l'empereur. Le Taïkō conservait le droit d'examiner avant l'empereur les dossiers soumis à celui-ci. Hideyoshi est un des Taïkō les plus connus de l'histoire. Le mot, par la suite, a fini par désigner un homme au pouvoir absolu (seigneur et maître). *(N.d.T.)*

affaires de Maître Rikyū furent réglées et me retirer dans une pauvre masure, loin de la capitale. Je n'avais pas pensé à un quelconque moyen de subsistance, mais les marchands de Kyōto, avec lesquels j'avais de longue date établi de bonnes relations, ont pris l'habitude de venir me demander l'expertise de leurs ustensiles, ou me consulter sur leurs achats et leurs ventes, ce qui fait que j'ai vécu sans grand problème financier jusqu'à aujourd'hui.

Dans ma masure délabrée, je me suis aménagé un tout petit espace qu'on ne peut pas vraiment appeler salle de thé, mais où je peux me tenir seul. J'y suis assis, en ce moment même, me laissant porter par mes pensées depuis le début de la nuit ; j'entends encore la voix de Monsieur Tōyōbō : « Toi qui es jeune, pourquoi te caches-tu ainsi ? » J'aurais voulu lui répondre, tout à l'heure, mais je n'ai pas pu. Maintenant encore, je cherche une réponse en moi, mais je ne sais que dire...

Le mieux serait peut-être de raconter ce qui s'est passé, sans me préoccuper de savoir si cela constituera ou non une réponse. Il s'agit d'un rêve que j'ai fait, à l'aube, environ vingt jours après la disparition de mon Maître, alors que j'étais retourné dans mon village natal...

Je longeais un chemin de graviers, à l'aspect glacé et desséché ; un long, très long sentier de petits cailloux, sans un arbre, sans un brin d'herbe, sur lequel personne n'avait jamais osé s'aventurer. J'avais l'impression de le suivre depuis bien longtemps déjà. Au bout d'un moment, je me demandai si ce n'était pas le chemin qui mène vers l'autre monde, car il était si triste qu'il me glaçait l'âme : il continuait sans fin et on ne savait si c'était le jour ou la nuit. Tout à coup, je me rendis compte que quelqu'un d'autre marchait devant moi, et compris aussitôt qu'il s'agissait de Maître Rikyū. « Ah ! c'est donc ça : j'accompagne Maître Rikyū sur ce sentier désolé, ce chemin vers l'autre monde ; c'est très bien ainsi », pensai-je. Mais je compris très vite qu'en fait ce chemin menait vers Kyōto : « Mais bien sûr ! j'accompagne mon Maître jusqu'au palais du Taïkō Hideyoshi... et ce chemin de graviers désolé où personne ne peut s'aventurer doit aboutir à la capitale... » Je ne pouvais toutefois m'expliquer pourquoi un sentier pareil conduisait à Kyōto. Mais à cet instant, mon Maître s'arrêta et se retourna lentement vers moi, comme s'il voulait s'assurer que je le suivais toujours. Après un bon moment, il se retourna encore mais, cette fois, ce fut pour me regarder fixement, comme pour m'intimer l'ordre de rentrer. Je décidai de me conformer docilement à son désir et de m'en aller : je m'inclinai alors profondément vers lui pour prendre congé. Le rêve s'arrête ici...

Puis je me levai pour m'agenouiller et m'incliner interminablement : comme je l'avais fait en rêve, je continuais de m'incliner en direction de mon Maître, en un respectueux adieu.

Ce n'est qu'après mon réveil que je ressentis la peur : ce n'était pas tant d'avoir marché sur le chemin qui mène vers l'autre monde qui m'effrayait, mais que ce chemin désolé, qui n'était pas ce que j'avais cru, traversât la capitale pour arriver à la résidence du Taïkō Hideyoshi et que je ne m'en fusse pas aperçu jusque-là ! Ce n'était pas un chemin qu'un homme ordinaire comme moi avait le droit de fouler...

Voilà donc ce qui s'est passé. Bien sûr, ce n'est pas là l'unique raison de ma retraite : mon Maître avait tellement marqué le monde du thé que j'ai jugé préférable de me retirer. Chose curieuse, par la suite, je n'eus plus envie de revoir les proches de Maître Rikyū ; je pensais qu'il valait mieux ne pas les rencontrer et j'ai ainsi manqué de courtoisie envers de nombreuses personnes.

En janvier dernier, Monsieur Kōkeï du temple Daï-toku-ji est décédé. Monsieur Kōkeï fut le maître de zen de mon Maître et aussi celui qui choisit son nom posthume. Ils furent très liés durant toute la vie de mon Maître et, même moi, j'eus la chance de compter pendant quelques années parmi ses intimes. A l'annonce de son décès, j'aurais donc dû me précipiter chez lui et me proposer pour aider à ses funérailles... au lieu de quoi, ne pensant qu'à éviter une confrontation avec les gens qui entouraient autrefois mon Maître, je n'y suis pas allé — bien que j'en fusse navré. J'ai de la sorte manqué à mes devoirs envers les disciples de Maître Rikyū, aussi bien à l'occasion de leur décès que pour l'anniversaire de leur mort.

C'est ainsi que j'ai passé toutes ces années, avant de me retrouver aujourd'hui, face à Monsieur Tōyōbō.

Ces retrouvailles m'ont rempli de nostalgie : nous sommes en deuxième année de l'ère Keïchō[1] et six ans ont passé, déjà, depuis la mort de Maître Rikyū. J'ai dit tout à l'heure que je m'étais éloigné du monde du thé parce qu'il est trop marqué par mon Maître, mais cela ne signifie pas que je me sois éloigné de Maître Rikyū ; en fait, j'ai même l'impression de mieux le servir depuis que je vis isolé : j'entends sa voix plusieurs fois par jour et je lui parle aussi... je revois la manière qu'il avait de préparer le thé, libre et généreuse, se laissant porter par l'inspiration du moment...

Je lui pose mille questions auxquelles il répond. Toutefois, il y en a une à laquelle il m'oppose le silence : c'est lorsque je lui demande quel pouvait

1. 1597. (N.d.T.)

bien être ce chemin que nous suivions dans mon rêve.

De son vivant aussi, il lui arrivait de refuser de me répondre : « Ce n'est pas une chose à demander aux autres ! Tu dois y réfléchir toi-même... » Dans ces cas-là, il faisait la sourde oreille et ne disait mot. Peut-être bien aussi qu'en ce qui concerne ce sentier de graviers que j'ai vu en rêve je dois trouver la réponse par moi-même ?

Il m'obsède depuis six ans : quel est-il, ce chemin glacé et désolé, qui n'admet pas les hommes ordinaires comme moi, et sur lequel j'ai reculé docilement, respectant l'ordre de mon Maître dans mon rêve ? Quelqu'un d'autre que lui l'a-t-il emprunté ? Mais personne ne saurait convenir à ce chemin. Je me souviens qu'il marchait tranquillement, en harmonie avec ce paysage désolé. C'est peut-être une remarque irrespectueuse de ma part, mais le chemin qu'emprunte Monsieur Tōyōbō est différent : il ne part pas de ce monde vers un autre comme celui de Rikyū : ! Pourquoi donc mon Maître marchait-il seul sur le sien ? De son vivant, mon Maître m'affirmait qu'au bout de la Voie du Thé, on arrive dans un univers tari, engourdi par le froid. Mais ce chemin, dont je parle, est plus triste et rigoureux que la fin de la Voie du Thé.

Quand je commence à penser à cela je ne peux plus m'arrêter : j'en oublie même le temps qui passe ! Mais je termine là le récit de mon rêve.

« Quand Monsieur Kōkeï est-il mort : à la fin de l'année ou bien après le jour de l'an ? m'a demandé Monsieur Tōyōbō.

— A la mi-janvier.

— Depuis quelque temps j'ai des problèmes de mémoire, surtout pour les choses importantes... Donc, Monsieur Kōkeï a survécu plus de six ans à

Monsieur Rikyū. Toujours est-il que sa mort a marqué la fin d'une époque : une époque marquée par ces deux hommes illustres ! »

Il a répété cela avec une très grande émotion : « Vraiment, c'est la fin d'une époque... » Même moi, je ressens la même chose. Monsieur Kōkeï devait être un homme remarquable !

« Le thé de l'époque de guerre, lui aussi, est fini, poursuit Monsieur Tōyōbō, toujours très ému.

— Le thé de l'époque de guerre ?

— Mais oui ! Prendre le thé selon le rituel de la cérémonie et partir ensuite pour le champ de bataille ; combattre et mourir au cours de la bataille... cette époque est finie ! Elle ne reviendra jamais... Monsieur Oribe va remplacer Monsieur Rikyū, peut-être même l'a-t-il déjà fait ? La méthode change déjà ! Moi, je voudrais bien conserver la forme du *wabicha*, le thé simple, telle quelle, mais ce n'est plus possible.

— Mais vous, Monsieur Tōyōbō, vous êtes encore là...

— Merci de ne pas oublier mon existence, encore qu'il ne me reste plus beaucoup de temps ! Mais laissons cela. Ah ! le thé de Monsieur Rikyū était extraordinaire ! Il avait quelque chose que les autres Maîtres de thé ne possèdent pas... c'était un homme incomparable : il risquait sa vie avec le thé... aucun autre Maître ne peut lui être comparé ! Et il était si impétueux ! Trop impétueux... C'est pourquoi il n'a pas pu finir sa vie paisiblement. On parle beaucoup de la raison pour laquelle Rikyū a reçu l'ordre de se donner la mort, mais en fin de compte, est-ce qu'on ne pourrait pas dire que c'est lui-même qui l'a attiré ? »

Il tourna la tête vers moi, mais je restai silencieux.

« N'est-ce pas ? Son caractère attirait les malheurs ! Depuis peu, on parle de son égoïsme : on dit qu'il se préoccupait trop de son intérêt personnel, parce qu'il vendait ses ustensiles de thé à un prix exorbitant et que c'est pour ça qu'il a reçu cet ordre... C'est possible... mais si on ne les vend pas cher, il est difficile de faire comprendre aux gens ordinaires la valeur d'un bon ustensile : il est plus simple d'exprimer cette valeur par l'argent ! Monsieur Rikyū choisissait ses ustensiles dans la vie quotidienne et tous ceux qu'il remarquait étaient justes : on le comprend quand on les utilise dans la cérémonie du thé... quel incomparable expert ! Et pour leur faire place parmi les anciens ustensiles chinois, il n'y avait qu'un moyen : les vendre très cher. C'est comme cela que les bols de Chōjirō sont entrés au rang des meilleurs. Une autre rumeur court : il aurait été victime d'une calomnie. C'est bien possible ; beaucoup de gens sont susceptibles d'en avoir été les auteurs et il est difficile de faire taire les mauvaises langues ! Il est très possible qu'avec son caractère implacable il se soit laissé tromper par des gens à l'esprit étroit ! Il avait beaucoup d'ennemis... On avance aussi une troisième hypothèse... mais qu'est-ce que c'était déjà ? j'ai oublié !

— L'affaire de la porte du temple Daïtoku-ji ?

— Oui, c'est ça ! Les gens en parlent beaucoup... Mais Monsieur Rikyū n'était pas impliqué ! Non plus que Monsieur Kōkeï ! C'est une faute commise par un bonze du temple Daïtoku-ji : Messieurs Rikyū et Kōkeï n'auraient jamais inventé pareille bêtise, je t'assure ! Monsieur Rikyū : ne se serait jamais assis ailleurs que dans la salle de thé... alors comment aurait-il songé à installer près de la porte une statue, assise ou debout, à son effigie ? Jamais Monsieur Rikyū n'aurait fait cela ! Lui qui se conduisait toujours selon l'idée de *wabisuki-jōjū*, c'est-à-dire du style simple et sain dans la cérémonie du thé ! Je m'arrête là... Ces derniers temps, je me mets trop souvent en colère. La rage m'emporte : je m'énerve, mais il ne faudrait pas que je tombe raide ! »

Il faillit vraiment tomber raide ! Quant à moi, je me sentis soulagé comme je ne l'avais pas été depuis longtemps. Chaque fois que j'entends ces rumeurs relatives à la mort de mon Maître, je suis dégoûté et désespéré ; mais les paroles fougueuses de Monsieur Tōyōbō, approuvant la position de Maître Rikyū me réconfortèrent... D'autre part, je constatai qu'à la fin de sa tirade, il avait utilisé un mot inhabituel.

« Vous avez dit tout à l'heure quelque chose comme *wabisuki*... qu'est-ce que cela signifie ? lui demandai-je.

— Ah ! *wabisuki-jōjū* ! Cette expression, je la tiens de Monsieur Rikyū... D'ailleurs, on dit que je ne suis qu'un pauvre bonze têtu, qui ne possède rien de plus qu'un rouleau du prince Son-En-Po et un bol d'Ise ! Mais je possède d'autres choses de valeur : ce bol de Chōjirō, que tu viens de voir ; un brasero cylindrique contemporain, aussi, que m'a donné Monsieur Rikyū... je peux te le montrer si tu veux, mais tu le connais bien ! Il m'a légué ces deux objets et : l'expression *wabisuki-jōjū*. Un an avant sa mort, je lui ai demandé quel était le secret du thé. A quoi il m'a répondu qu'il n'y en avait aucun ; mais comme j'insistais, il a fini par lancer : *wabisuki-jōjū, cha-noyu-kanyō*. A ce qu'il m'a dit, il avait autrefois calli-graphié cette formule et en avait fait cadeau à un amateur de thé... »

J'avais déjà vu le brasero que Maître Rikyū affec-tionnait particulièrement, mais c'était la première fois que j'entendais cette expression.

« *Wabisuki-jōjū*, reprit Monsieur Tōyōbō, cela signifie qu'il faut toujours garder en son cœur l'esprit du thé, simple et sain, même en dormant ; et *cha-noyu-kanyō*, c'est la pratique de la cérémonie du thé, qui est aussi très importante. C'est en tout cas ainsi que je l'interprète... J'arrive à respecter la « pratique », mais pour ce qui est de « toujours garder en son cœur l'esprit du thé », c'est difficile ! C'est même pratiquement impossible, si j'ose dire. Seul Monsieur Rikyū y est parvenu : il y pensait toujours, constamment jusqu'au dernier moment.

« Un homme de cette valeur n'aurait jamais vendu ses ustensiles dans un but intéressé, reprit-il fébrilement après s'être interrompu un instant. Pourquoi est-ce qu'un tel homme aurait érigé sa propre statue à la porte du temple ? Mieux vaut que je m'arrête ou la colère va me reprendre ! »

Je ne pus empêcher l'émotion de me gagner : j'avais trouvé un fidèle partisan de Maître Rikyū !

Quel bonheur pour moi que de revoir Monsieur Tōyōbō ; quel bonheur pour moi et pour la mémoire de mon Maître. Très ému, je baissai les paupières pour dissimuler mes larmes.

« Histoire de changer, j'aimerais bien prendre un thé préparé par Monsieur Honkakubō du temple Mii-déra », lança alors Monsieur Tōyōbō.

Je m'inclinai vers lui avant de me mettre debout, afin que nous échangions nos places, en silence...

On dit que c'est Monsieur Tōyōbō qui, le premier, introduisit la coutume de préparer le thé et de le faire circuler pour que chacun boive à tour de rôle ; manière que Maître Rikyū aurait ensuite adoptée. C'est pourquoi entre nous, nous avions autrefois des expressions comme « à la Tōyō » mais je ne sais s'il est au courant... C'est en y repensant que, cette fois encore, je servis le thé « à la Tōyō ». Et le bol circula : de moi à Monsieur Tōyōbō, puis de lui à moi.

Notre humeur changea incontestablement après le thé et, peu à peu, la conversation se fit plus intime, pour devenir, malgré nos âges et positions respectifs, une conversation réservée aux seuls disciples de Maître Rikyū.

« Monsieur Rikyū se servait de petits bols à thé et de petites spatules ; je crois que c'est parce qu'il était grand. Je ne le lui ai bien sûr jamais demandé directement, mais c'est ce que je pense ! Et je crois que c'était quelque chose de longuement réfléchi : il calculait la taille de la spatule en fonction de celle du bol ; quant au bol, il le mesurait en mailles de tatami », dit Monsieur Tōyōbō.

« Cela m'apparaît comme une évidence, aujourd'hui, alors qu'à l'époque je pensais simplement que c'était parce qu'il aimait mieux les bols de petite taille et les petites spatules...

« On peut dire ce qu'on voudra, il avait un style incomparable : libre, ample, sans la moindre trace d'avarice. Rien qu'à le regarder faire, on se sentait tranquille : un style fluide, sans aucune précipitation. On voudrait parler de génie, mais il était sûrement le résultat de beaucoup d'efforts... Le style de Monsieur Rikyū ressemblait à un combat sans arme et sans stratégie ; en un mot : le combat d'un homme à nu. »

Dans les propos de Monsieur Tōyōbō, il y avait beaucoup de choses dont je me doutais déjà : le thé de mon Maître devait en effet approcher cela.

« Ce genre de personnage attire le malheur, reprit-il.

— Mais, protestai-je, mon Maître employait toujours le langage honorifique envers les gens dont le rang l'exigeait et il observait toujours strictement les règles de la politesse ! Il est impensable que l'on ait pu lui adresser la moindre critique sur ce point !

— Bien sûr que non ! Il était irréprochable ! même quand ce n'était qu'un samouraï de moindre rang, du moment qu'il s'agissait d'un samouraï, Rikyū se montrait plein de respect... particulièrement envers le Taïkō Hideyoshi, il faisait très attention : même un simple bol à thé, il ne l'aurait jamais présenté à ses disciples avant de l'avoir offert d'abord au Taïkō Hideyoshi : "D'abord le Taïkō Hideyoshi !" Il n'aurait jamais pris un bol ou une spatule à thé sans en avoir rendu grâces auparavant à son Seigneur. Malgré cela, il attira sur lui la colère des puissants. Ou ne pourrait-on pas dire plutôt que c'est cela même qui lui valut sa disgrâce ? »

A partir de là, la conversation s'orienta naturellement vers un problème que personne n'évoquait et auquel personne n'avait encore de réponse. Laissant de côté les racontars des gens ordinaires, Monsieur Tōyōbō et moi-même voulions savoir ce qu'il y avait au fond, ce qu'était ce tourbillon sombre qui avait emporté Maître Rikyū, et tenter d'apaiser ainsi notre esprit troublé.

« Avez-vous une idée sur la question ? me demanda Monsieur Tōyōbō après que nous eûmes longuement parlé.

— Non, aucune idée, répondis-je. Pourtant, et je m'en suis rendu compte plus tard, il me semble que mon Maître avait changé durant les quelques jours qui précédèrent sa mort : il partit précipitamment rendre visite à Monsieur Kōkeï du temple Daïtoku-ji et à son retour il lui écrivit encore... un comportement plutôt insolite ! Je crois aussi me souvenir qu'il écrivait sans cesse à Monsieur Sansaï Hosokawa. Si cela avait un rapport avec l'affaire, il se pourrait bien que Messieurs Kōkeï et Hosokawa sachent quelque chose sur son origine et son déroulement. Mais, bien sûr, il ne s'agit là que d'une supposition...

— Ce bonze Kōkeï n'est plus... Quant à Sansaï Hosokawa, avec son caractère inébranlable, il ne dira même pas la moitié du commencement d'une phrase au sujet de Monsieur Rikyū ! Si quelqu'un d'autre peut savoir de quoi il retourne, ne serait-ce pas Monsieur Oribe Furuta ?

« Je n'ai aucune idée sur la nature de cette affaire, poursuivit-il après un instant de réflexion, mais je sais au moins une chose : Monsieur Rikyū est parti tout de suite après sa condamnation à l'exil ; je pense qu'il croyait que la colère du Taïkō s'apaiserait pendant son exil à Sakaï et qu'il pourrait revenir sous peu à Kyōto... J'ai entendu dire récemment que Messieurs Sansaï et Oribe l'auraient accompagné jusqu'à l'embarcadère, ce fameux jour... Celui qui me l'a raconté ne tarissait pas d'éloges sur eux, soulignant que ce geste leur ressemblait bien ! Et on peut en effet les en louer, car personne n'en aurait fait autant. Cependant, je pense pour ma part que s'ils ont accompagné Monsieur Rikyū jusqu'à la rivière Yodogawa, c'est parce qu'eux aussi croyaient qu'il pourrait revenir bientôt dans la capitale. Sans quoi, auraient-ils pu faire cortège à un homme qui se dirigeait vers la mort après avoir essuyé la colère du Taïkō ? N'ai-je pas raison ? Personne ne l'aurait pu ! C'est pourquoi je crois que la mort de Monsieur Rikyū n'était pas encore décidée à ce moment-là : elle le fut par la suite, durant son exil à Sakaï. »

J'enviai ces deux hommes qui avaient accompagné mon Maître jusqu'à l'embarcadère de la rivière Yodogawa, en ce jour grave où il partait vers l'exil ; moi aussi, j'aurais voulu l'accompagner si j'avais pu... Bien sûr, ainsi que l'affirmait Monsieur Tōyōbō, c'était peut-être justement parce qu'ils pensaient le voir bientôt de retour qu'ils l'avaient accompagné ? Toutefois, même s'ils l'encourageaient à prendre patience, ils devaient être dans un état d'esprit particulier... J'imagine la joie de mon Maître devant leurs encouragements ! Il n'empêche, quel qu'ait été l'état d'esprit de Messieurs Sansaï et Oribe, quand on y réfléchit aujourd'hui, ce n'était rien d'autre que leur dernier adieu à Maître Rikyū.

Monsieur Tōyōbō s'était tu. Je revis la silhouette de mon Maître, assis dans la barque, en route pour l'exil. Je n'avais pu le suivre, mais l'image qui surgit devant mes yeux était à coup sûr celle que j'aurais gardée de lui si j'avais pu le faire... Je ne sais pas de quelle manière Messieurs Sansaï et Oribe prirent congé de lui, mais je voyais clairement mon Maître, dans la barque, tournant la tête vers ses amis qui s'éloignaient : quel pouvait être son sentiment ? Peut-être les deux hommes l'accompagnèrent-ils en pensant le revoir très prochainement, mais lui, n'avait-il pas une tout autre idée ? Je me demande s'il n'avait pas plutôt deviné quel allait être son destin, mais n'en avait rien dit... Et si j'ai raison, mon Maître dut leur faire ses derniers adieux...

Je fis part de mes pensées à Monsieur Tōyōbō mais il se montra d'un avis contraire.

« Mais non ! Sûrement pas ! Je crois que Monsieur Rikyū aussi était persuadé de pouvoir rentrer sous peu à Kyōto... Il ne pouvait pas ne pas l'espérer : le fait que Messieurs Sansaï et Oribe l'aient accompagné revenait à dire que la colère de son Seigneur serait bientôt apaisée et qu'il serait rappelé dans la capitale, voilà ce que cela voulait dire ! Et nul doute que Monsieur Rikyū l'a interprété ainsi. De plus, peut-être avait-il deviné la nature, et même le degré de cette colère ? En fait, comment ne pas penser que la présence même de Messieurs Sansaï et Oribe n'était pas une instruction secrète du Taïkō ? Peut-être celui-ci exila-t-il Maître Rikyū en attendant le moment favorable pour que ses deux amis puissent plaider en sa faveur ? C'est fort possible. On peut l'envisager de différentes manières et je ne sais ce qu'en pensent les autres, mais, pour ma part, j'affirme que Monsieur Rikyū ne pouvait pas ne pas savoir.

« Seulement, la réalité fut tout autre : Monsieur Rikyū ne revint pas à Kyōto et son départ pour l'exil fut en fait un départ vers la mort... Je ne sais comment on en est arrivé là, mais ce qui a faussé la situation s'est passé par la suite, après qu'il fut parti pour l'exil... Mais, en tout cas, il ne se sentait sûrement pas menacé quand ses deux disciples l'ont accompagné. »

Et tandis que Monsieur Tōyōbō parlait, je ne pouvais me représenter autre chose que le visage de mon Maître, ayant déjà deviné quel destin difficile l'attendait une vingtaine de jours plus tard. Le récit de Monsieur Tōyōbō contenait comme une menace indéfinissable qui ne faisait que renforcer mon sentiment : d'un côté, il y avait le Taïkō, ayant droit de vie et de mort ; de l'autre Messieurs Sansaï et Oribe, qu'ils soient venus exprès avec la permission ou non du Seigneur jusqu'à l'embarcadère de la rivière Yodogawa, en croyant au retour possible de mon Maître à la capitale ; et après la séparation, mon Maître, assis tout droit dans sa barque... De quelque manière que Messieurs Sansaï et Oribe aient envisagé cette affaire, tout dépendait uniquement du Taïkō Hideyoshi... et personne ne peut savoir ce qu'il pensait au fond de son cœur : la situation pouvait très bien changer dans un sens ou dans l'autre à chaque battement de ce cœur. Quelle position précaire que celle de mon Maître !

C'eût été impoli de contredire encore Monsieur Tōyōbō, aussi ne parlai-je pas davantage, mais j'étais néanmoins certain que mon Maître avait tout deviné de son funeste destin et n'en avait rien dit. Je ne peux m'empêcher de me demander si ce n'était pas dans l'éventualité d'un tel jour qu'il jouait sa vie au thé ? Ai-je tort ou raison au sujet de cette scène qui s'est déroulée au bord de la rivière Yodogawa, il y a six ans, mais pour moi qui ai servi dix ans Maître Rikyū durant sa vie et qui continue de le servir encore chaque jour, c'est là mon opinion. Je n'en dis rien à Monsieur Tōyōbō, mais cette image du visage de mon Maître, assis tout droit dans sa barque sur la rivière Yodogawa, ce n'était pas la première fois qu'elle m'apparaissait...

En septembre, seizième année de l'ère Tenshō[1], eut lieu une cérémonie du thé dans la petite salle de Maître Rikyū au palais de Juraku dont le bonze Haruyabō fut l'invité d'honneur. Pour être plus précis, c'était le 4 septembre au matin. Y assistaient aussi Messieurs Kōkeï et Gyokuho, dont il n'est nul besoin de préciser qu'ils étaient les gardiens du feu éternel du temple Daïtoku-ji. Il s'agissait en fait de la cérémonie d'adieu de Monsieur Kōkeï, condamné à l'exil sur l'île de Kyūshū. Etant donné mon insignifiance, je ne peux savoir pour quelle raison Monsieur Kōkeï essuyait la colère du Taïkō Hideyoshi, mais j'ai entendu dire qu'il se serait opposé à Monsieur Mitsunari Ishida, le favori du Taïkō, lors de la construction du temple Tenshō-ji. En tout cas, puisque la cérémonie était organisée pour un homme condamné à l'exil, tout devait se dérouler discrètement afin de ne pas attirer l'attention. Monsieur Tōyōbō n'est probablement pas au courant de cela...

C'était une petite salle de quatre tatami et demi, donnant à l'est, avec une fenêtre nue au nord et deux lucarnes au-dessus de la porte de l'est. Je ne sais de quelle fenêtre elle provenait, mais une très jolie lumière douce, qui convenait bien à cette occasion matinale, se répandait dans la salle. C'est là que mon

1. 1588. (N.d.T.)

Maître procéda à une cérémonie du thé à l'aide d'une étagère-buffet et de soucoupes surélevées dont il ne se servait pas d'habitude, mais je suppose que, ayant invité des gens du temple Daïtoku-ji, il avait adapté son style en leur honneur. Une calligraphie d'un poème à forme fixe de Kidō était accrochée dans le *tokonoma* ; dans l'étagère-buffet étaient disposés :

un brasero avec une bouilloire à surface granuleuse,

une cruche métallique gravée d'un blason,

un porte-louche en métal,

une cuvette également métallique,

un porte-couvercle en anneau sur trépied.

Sur l'étagère, on pouvait voir :

des soucoupes surélevées,

un plateau carré,

un pot de thé bombé dans un sac.

Dans cette cérémonie à laquelle participaient des gens importants, j'eus l'honneur de tenir le rôle d'assistant, rôle normalement tenu par quelqu'un de plus avancé que moi, parce qu'il s'agissait d'une cérémonie secrète. C'est moi aussi qui l'ai consignée : j'ai encore ce compte rendu ; je l'ai fait le plus détaillé possible : par exemple le service de mon Maître, la disposition des objets dans et sur l'étagère-buffet... un compte rendu devenu très précieux à présent, ou tout au moins, irremplaçable.

Le rouleau de Kidō accroché au *tokonoma* avait été confié aux fins de restauration à mon Maître par le Taïkō Hideyoshi qui, je crois, n'occupait pas encore à l'époque sa position. L'auteur calligraphe Kidō était un grand homme du zen, une sorte d'ancêtre honorifique du temple Daïtoku-ji. Ce rouleau était très bien adapté à cette cérémonie, tant du point de vue de la provenance que du contenu du poème :

Les feuilles abandonnent les branches,
La fin d'automne est froide et pure ;
En cet instant, les lauréats
Sortent du monastère zen :
Partez où vous voudrez
Et si vous découvrez un endroit désert
Revenez vite
Pour nous livrer le fond de votre cœur.

Ce poème n'était destiné qu'à nous, les organisateurs de cette cérémonie d'adieu à Monsieur Kōkeï qui devait nous quitter pour les lointaines régions de l'Ouest.

La cérémonie, secrète, s'est déroulée de façon à la fois discrète et amicale, brillante et tranquille : une communion des cœurs de l'hôte et de ses invités. Une cérémonie digne d'accompagner le départ d'un éminent bonze pour quelque lointaine destination !

Je ne sais plus à quelle heure nous nous séparâmes mais je restai pour desservir. Maître Rikyū demeura assis à sa place. Je pensai qu'il fallait décrocher le rouleau de Kidō pour le ranger tout de suite, mais alors que je m'apprêtais à le faire, mon Maître m'interrompit : « Gardons-le encore un moment... » Je décidai donc de le lui confier. Ce soir-là, je ne sais plus pourquoi, je devais passer par la salle de thé et je m'arrêtai devant l'entrée, sentant encore une présence. La nuit commençait à tomber, mais aucune lumière n'était allumée et, en regardant à l'intérieur, je vis mon Maître, à la même place qu'à la fin de la cérémonie. Je ne pus m'empêcher de l'observer : assis très droit, deux mains posées sur les genoux, la tête légèrement tournée, le menton à peine relevé... son attitude habituelle lorsqu'il était plongé dans ses pensées ou qu'il réfléchissait.

« Ah ! c'est toi, Honkakubō ? » me dit-il au bout d'un moment.

Pendant tout ce temps, j'étais resté à l'entrée

d'hôte, à contempler son visage : un visage sans signe particulier, simplement empreint d'un air alerte et distant, qu'on hésitait à troubler mais qui vous poussait à vous demander ce qu'il pensait, ce qu'il avait en tête...

« Tu veux bien ranger le rouleau ?

— Entendu », répondis-je immédiatement.

J'étais stupéfait qu'il fût encore accroché. Organiser une cérémonie d'adieu pour un exilé était déjà peu ordinaire mais, en outre, elle avait eu lieu au pied du palais du Taïkō Hideyoshi et cette calligraphie avait été accrochée là sans sa permission. Sans compter que le thème du poème critiquait implicitement la décision de l'homme de pouvoir : la condamnation à l'exil d'un éminent bonze vers un endroit lointain et désert... Mon Maître était-il resté assis là tout l'après-midi dans cette pièce, face au rouleau de Kidō ? Je décrochai celui-ci sans plus attendre, l'enroulai et l'attachai. Mon Maître demeurait toujours immobile, dans la même attitude.

« Puis-je apporter la lumière ? demandai-je.

— Quoi ? C'est déjà l'heure ? »

Sur ce, il se mit debout. C'est l'image de lui qui m'a le plus marqué en dix ans passés à son service ! Depuis, quand je repense à cette scène, je ne peux m'empêcher de me demander si ce n'était pas le Taïkō Hideyoshi qu'il imaginait face à lui. Je veux dire par là qu'afin de pouvoir organiser cette cérémonie pour le bonze Kōkeï et, de surcroît, accrocher ce rouleau calligraphié de Kidō, il avait sûrement conclu un pacte tacite avec son Seigneur... et ce pacte exigeait de pouvoir rester toute une demi-journée immobile face au Taïkō, les yeux dans les yeux.

Finalement, l'exil de Monsieur Kōkeï fut levé au bout d'un an et il revint à Kyōto. Comme le sait Monsieur Tōyōbō, mon Maître organisa le 14 septembre, dix-huitième année de l'ère Tenshō[1], une cérémonie de bienvenue en l'honneur de Monsieur Kōkeï, on peut dire aussi de reconnaissance pour ses services passés, dans la même salle, avec les mêmes invités. Ce jour-là, je ne me suis pas occupé du service ; je ne fis que les préparatifs. Mais peu importe...

Aujourd'hui, au cours de ma conversation dans la salle de thé avec Monsieur Tōyōbō, je ne sais pourquoi l'attitude et le visage de mon Maître, entrevus pendant la cérémonie d'adieu à Monsieur Kōkeï en septembre, seizième année de l'ère Tenshō[2], se sont superposés à ceux de mon Maître, assis dans une barque, en route pour l'exil à Sakaï. Je ne m'en suis pas vraiment rendu compte quand j'étais avec Monsieur Tōyōbō mais, après être rentré chez moi, j'acquis la certitude que ce visage, cette expression de mon Maître dans la barque de l'exil étaient destinés au Taïkō Hideyoshi... c'était braver son pouvoir que d'organiser cette cérémonie dans la salle de thé de son palais, et je ne peux m'enlever de l'esprit que l'attitude de mon Maître dans la barque était celle de celui qui acceptait, tête haute, la revanche de son Seigneur. Je pense que mon Maître s'était préparé à essuyer la revanche du Taïkō Hideyoshi à n'importe quel moment, ne serait-ce que pour cette cérémonie d'adieu au bonze Kōkeï, à laquelle j'avais assisté. Du reste, je pense que ce n'était pas seulement une revanche à laquelle il s'attendait et il s'était préparé à recevoir les coups.

Je viens d'employer le mot revanche, mais je pense qu'elle est arrivée trop tard ; je suppose que c'est aussi ce que se disait mon Maître pendant son voyage en barque. Peut-être, ainsi que l'a dit Monsieur Tōyōbō, la situation de Maître Rikyū n'était pas

1. 1590. (N.d.T.)
2. 1588. (N.d.T.)

encore vraiment critique au moment de son départ, mais les événements se sont précipités pour changer du tout au tout durant son exil... Et je reste persuadé que mon Maître avait prévu le destin qui l'attendait, même si les apparences semblaient n'avoir aucun rapport avec ce destin.

Comment en était-il arrivé à se mettre dans une telle situation ? Cette question dépasse l'entendement du petit moine Honkakubō du temple Mii-déra que je suis... J'aimerais pouvoir un jour le demander à quelqu'un qui fut proche de mon Maître, mais je doute de pouvoir le faire, car à présent, je suis très loin du monde du thé...

La nuit est déjà fort avancée et je vais arrêter là pour le moment le récit de ma rencontre avec Monsieur Tōyōbō, récit auquel je suis attelé depuis midi...

Deuxième chapitre

Le 23ᵉ jour du deuxième mois : journée ensoleillée, orages avant l'aube.

Note : huitième année de l'ère Keïchō[1] ; le 4 avril du calendrier solaire.

Nous essuyons un terrible orage depuis hier au soir. Cela s'est calmé à l'aube, mais le tonnerre a frappé aux portes Kitashirakawa et Shūgaku-in, et on dit qu'il y a eu des morts causées par la foudre dans la ville.

En revanche, le petit matin a ramené un temps clair et magnifique, comme si le ciel avait été lavé. Après avoir pris mon petit déjeuner, je suis allé nettoyer le jardin et la cour devant ma maison, qui avait souffert de la pluie diluvienne. Des brindilles d'arbustes jonchaient le sol du chemin et du jardin, devant chez moi. Mon cerisier, à côté du puits, ne portant que des bourgeons — il est encore un peu tôt pour la floraison —, n'a pas trop souffert de la pluie.

C'est aujourd'hui que Monsieur Kōsetsusaï Okano doit venir me rendre visite. Voici onze ans que

---

1. 1603. *(N.d.T.)*

j'habite cette maison, mais c'est la première fois que j'accueille un visiteur digne de ce nom.

Après avoir allumé le feu dans la cheminée de ma pièce d'un tatami et demi, j'ai sorti le bol de thé noir de Chōjirō, que m'avait donné Maître Rikyū : une partie de la surface est encore nue, due à l'insuffisance du vernis, mais cette inégalité est artistiquement intéressante, ainsi que la forme galbée dans la partie inférieure, une lèvre légèrement épaisse et un mince piètement...

Je n'arrive pas à comprendre pour quelle raison un homme tel que Monsieur Kōsetsusaï Okano peut venir jusque chez moi, mais comme celui qui m'en a parlé en premier lieu est le patron de Daïtokuya, un commerce de Teramachi que je fréquente depuis longtemps pour des expertises d'ustensiles, je me dis que cela a sûrement un rapport avec ce sujet...

Je n'ai jamais rencontré Monsieur Kōsetsusaï, mais j'ai entendu la rumeur suivante, vers la fin de la vie de mon Maître : pendant la guerre d'Odawara, lorsque la reddition du clan Hōjō devint inévitable, il fut l'un des derniers fidèles qui restèrent jusqu'à la fin pour défendre la dynastie des Ujinao. Après la reddition, on l'amena devant le Taïkō Hideyoshi qui l'accusa d'avoir entraîné la chute de son suzerain. Monsieur Kōsetsusaï répondit alors que cette défaite était due à la fatalité et que quelqu'un d'aussi insignifiant que lui n'avait pas pu l'empêcher, mais qu'il était honoré en tant que samouraï d'avoir pu lever une armée pour ce combat. Il dit qu'il n'y avait rien de plus à ajouter et qu'il espérait être décapité le plus vite possible. Cette dernière phrase plut beaucoup au Taïkō... et c'est ainsi qu'il fut gracié.

C'est ce qu'on raconta pendant quelque temps après la guerre d'Odawara, en l'appelant le samouraï sans faille.

A part ce genre de choses, il est évident que je ne

sais rien de Monsieur Kōsetsusaï, mais il y a environ une vingtaine de jours, lorsque le patron de Daïtokuya m'a parlé de l'affaire d'aujourd'hui, il m'en a dit un peu plus à son sujet : du temps où il était le vassal du Seigneur Hōjō, il s'appelait Yūseï Itabeoka, puis il changea son nom (après avoir pris l'habit) pour Kōsetsusaï ; on raconte que quand les suzerains du Kantō envoyaient des émissaires à Odawara, c'était lui qui se chargeait de les recevoir. Après la reddition de Hōjō, il servit Hideyoshi et c'est sur son ordre qu'il modifia son nom en Okano pour se faire appeler désormais Kōsetsusaï Okano. Après la mort du Taïkō Hideyoshi, il s'est rangé aux côtés de Ieyasu et s'est acquitté avec succès de son rôle de plénipotentiaire durant la bataille de Sekigahara. Après la guerre, il devint le confident de Ieyasu et reçut un domaine à Fushimi...

« Pour quelle raison un tel personnage désireraitil me rencontrer ? ai-je demandé au patron de Daïtokuya.

— Je lui ai posé la question mais il m'a seulement répondu qu'il voulait vous parler d'une affaire personnelle... je me demande si cela ne concernerait pas des ustensiles ?

— Comme c'est une personne de condition élevée, je peux aller chez lui.

— Je lui ai dit que, puisqu'il habite à Fushimi, je vous y accompagnerai, mais il a répliqué qu'il n'en était pas question et qu'il viendrait seul vous rendre visite ! Etant donné que c'est le genre d'individu qui n'écoute plus rien une fois qu'il a décidé quelque chose, je n'ai rien pu ajouter. »

C'est pourquoi je m'apprête aujourd'hui à accueillir Monsieur Kōsetsusaï.

Il est apparu à deux heures de l'après-midi. Il n'avait amené personne avec lui et gravissait le petit sentier en pente qui mène à la maison. Voyant cela, je me précipitai jusqu'au gingkō, au bout du jardinet qui n'est en fait rien d'autre qu'un terrain vague comme en possèdent tous les bâtiments principaux des fermiers dans ce secteur.

« Monsieur Honkakubō ? » m'interpella-t-il à brûle-pourpoint.

Je remarquai le crâne rasé et la robe de bonze ; il devait avoir environ soixante-cinq ans et avait de larges épaules, l'apparence robuste et la voix ferme, l'allure qui convenait tout à fait à l'homme de l'anecdote de la reddition d'Odawara. Son regard s'arrêta sur la véranda qui s'ouvrait sur le jardinet :

« Installons-nous ici un moment ; le soleil y brille agréablement.

— Ne voulez-vous pas prendre le thé et discuter ensuite ? C'est un peu sale, mais...

— Merci ! Allons-y ! » fit-il en m'emboîtant le pas.

Je lui fis traverser la pièce en terre battue, puis la grande pièce recouverte de plancher, jusqu'à la salle du fond, dont j'ai fait ma salle de thé. Dans cet espace d'un tatami et demi où il n'y a pas de *tokonoma*, il n'y a pas non plus de fleurs ni de calligraphie.

« Vu la pauvreté de cette salle, je n'ai encore jamais reçu personne ici.

— Mais non, c'est très bien ! C'est une salle véritablement simple et saine et je suis très flatté d'en être le premier invité ! »

Déjà, dès ce moment-là, je me détendis. La gêne s'était envolée ; c'était un invité parfait : ni trop formel ni trop nonchalant...

« J'ai eu un jour l'occasion de boire du thé qu'avait préparé Sōji Yamanoue dans un bol de Chōjirō, reprit-il lorsque nous eûmes terminé de boire. Il y a bien treize ans de cela...

— Vous connaissez Monsieur Sōji ? fis-je, surpris.

— Pendant environ deux ans, à Odawara, j'ai suivi une initiation au thé. En fait, Yamanoue, *alias* Hyōan (du nom de la salle de thé : la gourde) était mon Maître. D'ailleurs, si je suis venu aujourd'hui, c'est que je voudrais vous soumettre quelque chose qu'il avait écrit. Puisque nous sommes désaltérés, à présent, permettez-moi d'entrer dans le vif du sujet... »

Sur ce, il dénoua le balluchon qu'il avait apporté et en sortit un manuscrit relié à la japonaise qu'il déposa devant moi.

« C'est pour que vous jetiez un coup d'œil à ce volume. Monsieur Sōji Yamanoue a écrit à mon intention un manuscrit qu'on pourrait appeler "le sens caché du thé" ou "la tradition secrète du thé"... Mais, pour un débutant tel que moi, il y a des choses obscures ou difficiles à comprendre. Je suis désolé de troubler votre vie paisible, mais je voudrais que vous le lisiez pour m'expliquer ces points-là. Je ne peux pour ce travail songer à personne de plus indiqué que vous qui avez longtemps vécu aux côtés de Monsieur Rikyū.

— C'est m'accorder plus d'importance que n'en mérite quelqu'un tel que moi ! Je ne sais jusqu'à quel point je saurai déchiffrer ce qu'a écrit Monsieur Sōji, sans conteste le plus illustre des disciples de mon Maître, mais si cela vous convient, j'aimerais pouvoir examiner ce document. Cependant, il me faudrait quelques jours...

— Prenez tout votre temps !

— C'est très aimable à vous, mais ce manuscrit a pour vous beaucoup de valeur... aussi, si vous le voulez bien, je me rendrai chez vous pour l'étudier.

— Ce n'est pas la peine : celui-ci est de ma main. Le manuscrit original, calligraphié par Monsieur Sōji, est en lieu sûr. Puisque ce n'est qu'une copie, ne vous inquiétez donc pas, et gardez-le aussi longtemps que nécessaire. De même, si vous souhaitez le recopier, je n'y vois pas d'inconvénient. »

Pour ce genre de choses aussi, c'était un homme ferme et décidé...

« Eh bien, dis-je, je vais m'en occuper et retrouver, après bien des années les idées de Maître Rikyū et de mon aîné Sōji. »

Je me sentais très fier. Je pris le manuscrit, vis les mots inscrits sur la couverture : « Ecrits de Sōji Yamanoue », puis, après l'avoir élevé au-dessus de ma tête en signe de respect, j'allai le déposer sur la table de travail, dans la pièce voisine. Ensuite, nous continuâmes à parler et, sur sa demande, je resservis du thé à Monsieur Kōsetsusaï. En cette saison, il fait encore froid, mais le brasero chauffe bien la petite salle. Dehors, tout était paisible, il n'y avait pas un brin de vent.

« Quand Monsieur Sōji Yamanoue l'a-t-il écrit ?

— Je l'ai reçu un peu avant de quitter Odawara pour le Kansaï en tant que messager, en février, de la dix-septième année de l'ère Tenshō[1]. Il l'a donc forcément écrit avant. Il a dû, à mon avis, le commencer à l'automne de l'année précédente : il a reçu un poste de Maître de thé dans la Maison Hōjō dès son arrivée à Odawara ; en outre, nous lui avons apporté quelques facilités... c'était donc peut-être un gage de sa reconnaissance ? Mais ce n'était sans doute pas là la seule raison, comme vous pourrez vous en rendre compte à la lecture du manuscrit. On a l'impression qu'il a voulu laisser une trace écrite, comme s'il avait pressenti que son destin pouvait changer d'un jour à l'autre...

— Combien d'années a-t-il passées à Odawara ?

— Trois, quatre ans.

— Et auparavant ?

— Il fut, paraît-il, l'un des Maîtres de thé de Sakaï,

1. 1589. *(N.d.T.)*

au service du Taïkō Hideyoshi, mais il en parlait très peu. Peut-être pourrait-on dire qu'il avait une physionomie étrange : un visage sombre, sévère ; c'était aussi un caractère fougueux ignorant le compromis, ce qui déplaisait certainement au Taïkō. La raison sans doute de son renvoi qui le fit échouer finalement au camp d'Odawara. Mais c'était aussi un homme honnête et ayant le sens du devoir. Sans cela, pourquoi aurait-il écrit ce livre secret à mon intention ?

— Je ne sais ce qu'il contient, mais maintenant que mon Maître et Monsieur Sōji ne sont plus de ce monde, c'est un bonheur inespéré pour moi de pouvoir le lire !

— Il est vrai qu'il m'a vaguement parlé d'un exemplaire qu'il aurait adressé à son fils, Monsieur Dōhachi Iseya... Tout de même, Monsieur Sōji était bien jeune : il avait quarante-huit ans à la chute d'Odawara.

— De sinistres rumeurs ont couru à son sujet après la bataille d'Odawara...

— Oui.

— A-t-il vraiment connu la fin qu'on lui prête ? »

Si pénible que cette affaire fût à évoquer, je voulais en vérifier le bien-fondé. Après la bataille d'Odawara, on a beaucoup jasé au sujet de Monsieur Kōsetsusaï, mais avant cela, il y a eu des commérages à propos de Monsieur Sōji. Et cette rumeur-là était bien plus terrible : la veille de son départ pour Odawara, il aurait dit quelque chose qui aurait déplu au Taïkō Hideyoshi, lequel, en représailles, lui aurait fait trancher les oreilles et le nez ! Il en serait mort... Mon Maître ne pouvait pas ne pas en avoir entendu parler, mais il n'a jamais soufflé mot de cette affaire.

« Je ne saurais me prononcer franchement : pour moi aussi, ce n'est qu'un on-dit... »

Puis, après avoir réfléchi un instant, il ajouta :

« Si vous le permettez, j'aimerais vous donner mon opinion au sujet de cette rumeur, quand vous aurez pris connaissance du manuscrit ; vous dire si je pense qu'il a pu ou non connaître une telle fin, et que vous me donniez votre avis, aussi. Mais au fait, avez-vous jamais rencontré Monsieur Sōji ?

— Malheureusement non ! L'occasion ne s'est jamais présentée... Lorsque je suis entré au service de Monsieur Rikyū, la dixième année de l'ère Tenshō[1], Monsieur Sōji était déjà le majordome du Taïkō Hideyoshi. Il avait, semble-t-il, essuyé la colère de son Seigneur peu après, et on ne savait s'il avait été congédié ou s'il s'était enfui. Nous reçûmes un jour des nouvelles nous affirmant qu'il était à Sakaï et dans la capitale, mais je n'eus jamais vraiment l'occasion de le rencontrer. Et si je l'ai vu, c'était probablement après la bataille d'Odawara, mais je ne m'en souviens pas... A l'époque de cette bataille, mon Maître était à Yumoto, près de Hakone, et je crois bien que ce qui lui tenait le plus à cœur était de revoir Monsieur Sōji : "Si seulement je pouvais le revoir, je le sortirais de n'importe quelle situation !" Je ne puis m'empêcher de croire que, chaque jour, il appelait en pensée son ancien disciple à Odawara, l'invitant à abandonner le château. Comme à cette époque il avait encore énormément d'influence, il devait être certain de pouvoir le faire s'évader.

— Il n'empêche qu'à cette époque, le château d'Odawara était cerné de toutes parts : nous étions faits comme des rats ! Cependant, il est possible que Monsieur Sōji ait pu sortir. Kōshō Minagawa, un apprenti du thé, réussit bien à s'échapper en emmenant ses troupes... Si on part du principe qu'il est parti avec lui, il y avait effectivement moyen de sortir du château. S'il l'a fait, c'est peut-être ce qui a

---

1. 1582. *(N.d.T.)*

donné naissance à cette rumeur selon laquelle il attirait le malheur. Mais même si ce n'est pas le cas, cela ne signifie pas qu'il était sans rapport avec un destin funeste... De toute façon, je ne sais absolument rien de ce qui lui est arrivé durant la bataille d'Odawara ! Je n'avais pas le temps de penser à lui au plus fort du combat... ce n'est qu'au moment de notre reddition que je m'aperçus de son absence : personne ne l'avait vu ! Malgré tout, je trouve admirable de sa part qu'il ait continué de recevoir les samouraï pour le thé chaque jour alors qu'il ne savait pas ce qui l'attendait à Odawara... Aussi bien dans sa façon de servir le thé que dans sa vie de tous les jours, il y avait de la dignité... Je le revois, parfois...

— A Hakone, mon Maître était très occupé. Le Taïkō Hideyoshi venait tous les jours ; d'autres hommes importants venaient aussi. Même le célèbre samouraï Masamune Date l'a appelé en juin.

— Tous les guerriers, qu'ils fussent attaquants ou défenseurs, pratiquaient la cérémonie du thé avec acharnement. Monsieur Rikyū s'occupait du camp des attaquants et Monsieur Sōji de celui des attaqués : du haut en bas du mont Hakone, on s'affairait à préparer le thé !

— Oui, mais j'imagine qu'on devait être plus grave dans le camp de Monsieur Sōji ?

— Oui, sans doute.

— En tout cas, à Odawara, au pied du mont Hakone, les Maîtres aussi bien que les invités nourrissaient les mêmes incertitudes à l'égard de l'avenir...

— Bien entendu.

— J'aurais voulu assister à cette sorte de cérémonie, ne serait-ce qu'une fois. »

Je le pensais vraiment : j'aurais aimé voir la manière dont mon aîné servait le thé. Monsieur

Kōsetsusaï affirmait que c'était magnifique et j'en suis persuadé !

« C'est dommage, dit-il, mais il n'est plus possible d'assister à ce genre de cérémonie : les temps ont changé. Le monde du thé a dû suivre. D'ailleurs, il continue de changer : depuis la disparition de Monsieur Rikyū, c'est l'époque de Monsieur Oribe Furuta.

— Le thé a-t-il vraiment changé, aujourd'hui ? Je ne suis plus en contact avec ce monde ; je l'ai quitté après la mort de mon Maître pour faire retraite ici.

— On affirme que ce n'est plus du tout pareil : à partir du moment où les cris de guerre se sont tus, le thé devait nécessairement changer... De ce point de vue, il est vrai que Messieurs Rikyū et Sōji ne pouvaient rester en vie. Tout le monde change : le guerrier et l'homme de thé. C'est égal... »

Il s'interrompit pour regarder au loin un moment, puis se retourna vers moi :

« Je vois souvent Monsieur Oribe chez le Shōgun Ieyasu, ces temps-ci, lors de l'audience. Ayant un jour quelque chose à me demander, il m'a adressé une lettre : et j'ai constaté avec surprise que son écriture ressemblait à s'y méprendre à celle de Monsieur Rikyū ! J'ai vu plusieurs lettres de lui, adressées à Monsieur Sōji. Le style et l'écriture sont identiques... je prends cet exemple pour vous dire que le thé n'a pas vraiment changé : ce n'est que superficiel. Qu'en pensez-vous ?

— Je ne sais pas. »

Monsieur Kōsetsusaï éclata de rire.

« Monsieur Oribe ne pourra pas facilement changer le thé si Monsieur Sōji vit encore quelque part et s'il nous observe avec fureur ! » dit-il avec une pointe de sarcasme dans la voix.

Nous avons discuté ainsi pendant deux heures ; Monsieur Kōsetsusaï prit congé à quatre heures et je l'accompagnai jusqu'à la porte Shūgakuin, où nous nous séparâmes.

Le soir, des voisins sont venus pour la préparation de la réunion de quartier : le chef de la maison voisine apporta le saké et nous fîmes un festin autour du feu. Après leur départ, je me couchai mais ne pus dormir et pensai à mon aîné Sōji jusqu'à l'aube. Durant tout ce temps, j'eus une image en tête : le petit pavillon de Myōkian, à Yamazaki ; le soleil hivernal déjà couché, les ténèbres de la nuit envahissent la maison. J'étais au service de Maître Rikyū depuis deux ou trois ans. J'ignorai encore ce qu'était la cérémonie du thé, et l'importance des personnes qui fréquentaient la salle de mon Maître. C'était l'époque où j'observais pour les imiter les gestes des autres. Une cérémonie commença à six heures du soir, qui semblait ne jamais devoir prendre fin, malgré la nuit tombée. J'attendais dans l'antichambre avec une bougie : mon rôle consistait, dans le cas où l'on me manderait, à passer la bougie à la personne qui se trouvait à la place de l'hôte.

Mais on ne m'appelait pas, et je restai immobile, tendu, quand j'entendis soudain : « Rien ne disparaît si l'on accroche une calligraphie portant le mot "néant", alors que si c'est le mot "mort", tout s'annihile : le néant n'anéantit rien, c'est la mort qui abolit tout. »

La voix avait le ton impétueux du défi.

De la pièce où je me trouvais je ne pus entendre la suite, mais, après quelques instants, je perçus une voix basse et grave et je reconnus celle de Maître Rikyū ; juste à ce moment-là on m'appela du pavillon principal. Je fus obligé de partir et ne pus rester à écouter ce que disait mon Maître. Quand je repris ma place, j'entendis une autre voix qui s'interrompit aussitôt.

Le silence régnait à nouveau dans la petite salle de

thé. Personne ne parlait. La cérémonie se poursuivait, sans doute, mais dans un silence de mort. Je commençai à me demander si on ne m'avait pas complètement oublié, moi le porteur de lumière, mais il n'en était rien.

Je ne sais combien de temps s'écoula ainsi ; soudain, le *fusuma* séparant la salle de thé de l'antichambre où je me tenais s'entrouvrit : « Lumière ! » fit une voix. Je me glissai aussitôt à genoux jusqu'au *fusuma*, d'où je fis passer la bougie.

Je refermai ensuite moi-même la cloison, ce qui ne prit guère de temps. Toutefois, la vision que j'eus de cette salle mesurant deux tatami me parut étrange : il y avait deux invités, assis à droite du *tokonoma*, mais la bougie posée près de l'hôte n'éclairait pas jusque-là. Les deux invités demeuraient dans l'ombre et une abominable forme trapue, pareille à un énorme gnome, se détachait sur le mur, derrière eux. L'hôte se pencha, tout en restant assis, pour prendre la bougie et l'avancer vers le *tokonoma*, sur sa gauche, comme pour montrer aux deux invités la calligraphie : peut-être était-ce la calligraphie du mot « mort » dont ils parlaient tout à l'heure ? C'est en tout cas ce que l'on pouvait penser au vu de cette scène. Peut-être était-ce dû à un effet d'éclairage, mais à ce moment-là, le visage de celui qui tenait la bougie apparut étrange et effrayant ; son buste, illuminé par la flamme, ressemblait à celui d'un Vidrārājā aux mille faces et mille bras, tandis que sur le mur d'en face, l'ombre d'un monstre géant enveloppait son corps en entier. Je n'ai jamais pu oublier ce spectacle bizarre, que je ne fis qu'entrevoir, l'espace d'un instant. Par la suite, je fus persuadé que l'hôte, ce jour-là, était Sōji Yamanoue, et l'un des deux invités, Maître Rikyū ; quant à l'autre, je n'ai malheureusement aucun indice me permettant de deviner son identité.

La seule chose dont je sois sûr, c'est de la présence de mon Maître, ce soir-là. A partir de là, j'ai imaginé que Sōji Yamanoue tenait le rôle de l'hôte dans cette cérémonie, mais je n'ai aucune preuve me permettant d'affirmer qu'il était venu rendre visite à mon Maître à cette époque à Yamazaki. Parmi tous ceux que j'ai interrogés, personne ne m'a jamais parlé d'une visite de Monsieur Sōji. Cependant, il n'y avait que le meilleur de ses disciples pour tenir de tels propos, et sur ce ton, devant le Maître. L'autre invité, qui n'est pour moi qu'une ombre noire, la lueur de la bougie n'arrivant pas jusqu'à lui, faisait penser à quelqu'un de réservé, de moindre condition ; il n'empêche qu'il participait à cette cérémonie où s'accomplissait quelque chose. Mais je n'ai absolument aucune idée de ce dont il s'agissait ! Et peut-être ne se passait-il rien du tout, et que tout ceci est le fruit de mon imagination ! Peut-être l'image du monstre baigné de lumière était-elle tellement étrange dans la pénombre que je me suis imaginé n'importe quoi...

En tout cas, lorsque, aujourd'hui, Monsieur Kōset-susaï m'a demandé si j'avais déjà rencontré Sōji Yamanoue, j'ai voulu lui parler de cette scène dans la salle de thé, mais j'y ai finalement renoncé. Car enfin, c'était peut-être l'ancien disciple Sōji qui se trouvait là, mais aussi bien n'était-ce pas lui ! Pourtant je n'ai pu m'empêcher de sursauter lorsque Monsieur Kōsetsusaï a dit que Sōji avait un visage étrange... Peut-être est-ce la raison pour laquelle j'ai eu l'impression de voir un monstre dans la salle de thé ?

« Le néant n'anéantit rien ; c'est la mort qui abolit tout. » Aujourd'hui, je comprends le sens de ces paroles.

Celui qui avait écrit le mot « néant » était sans doute un moine en rapport avec le temple Daïtoku-ji. Un

mot sans étrangeté particulière. Et l'auteur du mot
« mort », en réponse, était à coup sûr mon aîné Sōji
en personne. Qui d'autre que lui aurait pu écrire une
telle chose ? Une telle calligraphie convenait-elle ou
non au *tokonoma* d'une salle de thé ? Apportait-elle
la sérénité ? je ne sais... je ne peux pas dire, non plus,
si ce mot convenait de la part d'un homme de thé.
Etait-ce ou non une hérésie ?

Cela fait partie des questions que j'aurais dû poser
à Maître Rikyū et que je n'ai finalement pas posées...

Je pense à mon Maître, je pense à mon aîné Sōji
et je revois l'enceinte de Myōkian, où je ne suis pourtant pas retourné depuis plus de dix ans...

L'aube pointe déjà : contrairement à la précédente,
cette nuit a été calme et printanière. Demain, je pose-
rai les « Ecrits de Sōji Yamanoue » sur la table et
m'installerai devant, respectueusement.

Le 24 février — beau temps

A dix heures ce matin, j'ai déroulé le manuscrit de
Sōji Yamanoue sur la table. C'est un livre relié de
soixante feuilles de papier japonais ; chaque page est
couverte des petits caractères aux traits pourtant
forts de Monsieur Kōsetsusaï.

Le texte commence par : « Tout d'abord, l'origine
de la Voie du Thé est... » On m'a dit qu'il s'agissait
d'un livre sur la tradition secrète ; comme je ne peux
en deviner le contenu, je décide de le parcourir
d'abord jusqu'à la dernière ligne. Les trois premières
pages retracent l'historique de la cérémonie du thé ;
suit le « Catalogue de Jukō » : il me semble que tous
les ustensiles importants (pot, bol, brasero, spatule)
y sont répertoriés, avec une petite note pour chaque
objet. Ces deux parties, trente-cinq ou trente-six
pages, représentent plus de la moitié du manuscrit.

Viennent ensuite plusieurs feuilles pour « Les Dix Engagements de l'Homme de Thé », puis sur dix pages les biographies des hommes de thé, suivies d'une postface. On trouve à la fin l'indication : « Février de la dix-septième année de l'ère Tenshō[1], Sōji » et sur une autre ligne : « Pour Monsieur Kōsetsusaï ». Le texte proprement dit se termine là, mais lui sont ajoutées plusieurs feuilles de poèmes de style chinois.

En parcourant rapidement ce texte, je me suis rendu compte qu'il fallait, pour le comprendre, le copier et non simplement le lire. Car il s'agit de beaucoup plus qu'un certificat de mérite donné en gage par le Maître au disciple ayant accompli son apprentissage : le contenu en est plus important, car ce que doit connaître celui qui se propose de devenir un homme de la Voie du Thé y est minutieusement consigné. Je ne sais s'il est convenable ou non d'en faire une copie, mais c'est le seul moyen de vraiment l'assimiler. Il n'a d'ailleurs pas ce côté confidentiel que l'on trouve en général dans les « livres secrets ». En réfléchissant, je me suis aperçu que la Voie du Thé n'avait pas besoin fondamentalement de livre secret. En fait, on trouve à la fin du manuscrit le passage suivant : « D'une manière générale, il n'y a, depuis l'origine de la cérémonie du thé, aucun écrit. Il faut simplement savoir reconnaître les ustensiles anciens chinois, rencontrer des hommes de thé qualifiés et pratiquer la cérémonie du thé avec eux, inventer son propre style, et pratiquer jour et nuit. Ceux qui sont conscients de ces préceptes sont des maîtres. »

A la même page, on lit aussi : « Ce livre est pratique pour le débutant mais non pour le vétéran, qui connaît déjà l'importance d'un style simple et sain. »

1. 1589. (N.d.T.)

Puisque l'auteur, Sōji Yamanoue, l'estime pratique pour le débutant, je peux en faire une copie ; quant à Monsieur Kōsetsusaï, le propriétaire de ce manuscrit, il m'a assuré lui-même, lors de sa visite chez moi, que cela ne le dérangeait pas, alors...

Le soir, de nouveau assis devant la table où était posé les « Ecrits de Sōji », j'ai préparé de l'encre et commencé à écrire : j'ai recopié moi-même à l'identique ; voici bien longtemps que je n'ai pas eu à recopier d'anciens écrits comme je le faisais souvent du vivant de Maître Rikyū. Les trois premiers feuillets décrivent avec simplicité de manière simple la période qui va du troisième Shōgun Ashikaga jusqu'à l'apparition de Jukō, l'ancêtre de la cérémonie du thé. Ce n'est pas différent de ce que m'avait raconté mon Maître, mais dont je n'avais gardé qu'un souvenir vague ; ce témoignage me l'a remis clairement en mémoire.

Puis vient en conclusion : « Même après la disparition du Seigneur Higashiyama (Yoshimasa Ashikaga), les nobles pratiquèrent la cérémonie du thé... les ustensiles se répandirent dans le monde et la Voie du Thé prospéra jusqu'à nos jours. Les successeurs de Jukō furent Sōju, Sōgo, Zenkō, Tōden, Sōtaku, Shōteki et Shōō. »

C'est ici qu'apparaît pour la première fois Show, qui fut le maître de Rikyū. A la fin de cet historique, sont données les définitions de : homme de thé, amateur éclairé. Maître, puis une liste des maîtres d'hier et d'aujourd'hui. Dans ce passage, chaque mot me rappelle quelque chose et me touche :

« On appelle "homme de thé" l'expert en ustensiles qui dirige bien la cérémonie et gagne sa vie avec. »

« On appelle "amateur éclairé" celui qui ne possède rien, mais ne cesse de réfléchir à la création d'un style original. »

« On appelle "Maître" celui qui non seulement

répond aux critères de l'homme de thé mais est aussi un bon collectionneur d'ustensiles chinois anciens. »

Sont cités ensuite les noms de Juhō Matsumoto et Dōji Shino comme étant des hommes de thé et Zenpō Awataguchi comme amateur éclairé. Juhō, Dōji et Zenpō : trois noms qui revenaient déjà dans les propos de Maître Rikyū, disciple de Jukō, comme étant des experts en cérémonie du thé de l'époque Higashiyama[1]. Ceux qui correspondent à la définition de Maître d'hier et d'aujourd'hui : homme de thé et homme de goût, sont Jukō, Insetsu et Shōō.

J'ai arrêté là mon premier jour de copie et me suis plongé dans mes pensées pendant un moment. Après avoir pris un dîner tardif, je me suis remis à réfléchir. J'avais l'impression d'avoir été ramené dans le monde du thé, dont j'étais resté éloigné pendant longtemps.

Sōji donne Zenpō comme exemple d'amateur éclairé : un choix certainement justifié, mais je me souviens qu'en recopiant ce passage j'ai eu extrêmement envie d'inscrire le nom de Tōyōbō à la place de Zenpō. Cinq ans se sont écoulés depuis la mort de Monsieur Tōyōbō. Ma visite au temple Shinnyodō remonte à l'automne de la deuxième année de Keïchō[2], et cet homme, qui avait vécu toute sa vie en amateur éclairé est mort l'année suivante, à quatre-vingt-quatre ans. Dans la quiétude de la nuit printanière, je suis resté un long moment à penser à Tōyōbō.

---

1. Higashiyama (Yoshimasa Ashikaga (1436-1490) : shōgun parfaitement cultivé mais d'une ineptie politique légendaire. Grand « amateur éclairé », il construisit le célèbre « Pavillon d'Argent » à Kyōto. *(N.d.T.)*
2. 1597. *(N.d.T.)*

J'ai recopié le « Catalogue de Jukō » tous les jours depuis le 25. Cela m'a pris trois jours, mais j'arrive ce soir à la fin : je vais relire mon texte recopié.

« Ces notes sont consacrées à la recherche de la Voie de l'Expertise, d'après les questions posées par Jukō à Nōami, et retransmises à Sōji. Shōō a tout modifié : il a ajouté, parachevé ; c'est donc lui le meilleur précurseur et fondateur de notre style. »

C'est le début du livre. Je le trouve excellent. Ces quatre ou cinq lignes résument bien, en le commentant, le « Catalogue de Jukō ».

Vient ensuite une remarque de l'auteur, Sōji : « Trente ans après la mort de Shōō, Sōeki[1] est désormais le chef de file. J'ai moi-même travaillé sous sa direction pendant une vingtaine d'années, durant lesquelles j'ai pris des notes importantes. Afin d'établir ce "Catalogue de Jukō", je me suis servi non seulement de ces notes, mais j'y ai ajouté mes propres idées, mon ambition étant de le rendre encore plus complet, si possible. »

Tout d'abord, on trouve une présentation des meilleurs ustensiles, en commençant par les pots : Mikazuki, Matsushima, Shijukoku-on-tsubo, Matsuhana, Sutego, Nadeshiko, Sawahime, Yaezakura, Hashidate, Kisakata, Jikō, Hyogotsubo, Yaotsubo, Kokonoe, Torasaru, Shirakumo, Susono, Sōgetsu, Shigure, Jōrintsubo, Chigusa, Miyama.

Chacun fait l'objet d'un historique avec l'origine de leur nom, ainsi que des indications sur ce qui leur est advenu. Le simple fait de recopier ces noms m'a

---

1. Sōeki était le pseudonyme personnel de Rikyū, Rikyū étant celui agréé par l'empereur. *(N.d.T.)*

replongé dans le monde du thé et dans un étrange état d'excitation.

L'un de ces pots, « Hashidate » (faire le pont), appartenait autrefois à Maître Rikyū ; je ne sais quel fut son destin après sa mort mais j'ai eu l'impression de retrouver une vieille connaissance : « Pot de sept *kin*[1] : forme et couleur indescriptibles. Propriété de Sōeki. Puisque c'est ce grand Maître qui en fait usage, inutile de préciser qu'il convient parfaitement pour le thé. D'après une légende, il aurait été fabriqué dans la région de Tango, mais serait d'une qualité telle que sa notoriété dépasserait les frontières de la province ; on l'aurait donc nommé "Hashidate", ce qui est à la fois le nom de la cité célèbre et signifie "faire le pont". » Selon une autre légende, lorsque Monsieur Higashiyama en fit l'acquisition, il n'aurait même pas consulté la notice qui accompagnait l'objet, et aurait emprunté ce nom à un poème célèbre : « Je n'ai pas encore reçu la lettre, à Hashidate[2]. » Je me rappelle mon Maître évoquant ces légendes...

Ces pots, tout comme les hommes, ont des fortunes diverses : certains passent de main en main et d'autres s'installent. Mais d'autres encore connaissent un sort similaire à celui de leur propriétaire : « Mikazuki » et « Matsushima » disparurent ainsi dans un incendie à l'époque de Monsieur Sōkennin[3]. « Yaezakura », appartenant à Monsieur Mitsuhide Akechi, gouverneur de Hyuga, disparut, lui, à la suite de la mort tragique de son propriétaire... Bien entendu, tous ne connaissent pas un tel destin !

1. 12,6 litres. *(N.d.T.)*
2. Œuvre de la fille de la célèbre poétesse Izumi Shikibu, qui l'écrivit à l'âge de quinze ans (en 1015).
3. Nobunaga Oda, le premier unificateur du Japon. *(N.d.T.)*

Dans ce catalogue, de nombreux bols sont cités (à commencer par « Matsumoto » et « Insetsu ») dont un, le bol de Jukō, périt dans les flammes après la mort de son propriétaire, Jikkyu Miyoshi, provoquée par une défaite militaire.

Viennent ensuite le brûle-encens de Hasumi, la spatule de Jutoku et le vase de Bizen de Shōō, à la forme cylindrique, qui furent tous des victimes de la guerre... Quant au chaudron de « Hiragumo », il fut détruit à l'époque de Hisahide Matsunaga.

En recopiant le nom de tous ces ustensiles, j'ai mesuré combien, en temps de troubles, non seulement les hommes, mais les objets aussi avaient du mal à perdurer.

De nombreux encens sont également répertoriés : Taïshi, Tōdaïji, Shōyō, Miyoshino, Nakagawa, Koboku, Kōjin, Hanatachibana, Yatsuhashi, Hokkekyō, Enjōji, Omokage, Hotokenoza, Juzu, etc.

Rien qu'à l'énumération de ces noms, je me suis pleinement réjoui ! « Tōdaïji », fait de bois d'aloès, est renommé comme possédant un parfum unique au monde...

Suivent enfin les meilleures calligraphies des Maîtres Kango et Kidō, dont j'ai déjà eu l'occasion de voir plusieurs œuvres ; puis une présentation de pots à thé, eux aussi en très grand nombre.

C'est aujourd'hui le troisième jour. J'ai commencé très tôt ce matin. Au crépuscule, j'ai terminé la dernière partie du « Catalogue de Jukō », qui s'achève par une évocation des vases. Je me sentais très fatigué. Je me suis levé pour aller me promener dans le jardin, derrière la maison : les fleurs de cerisier sont presque épanouies ! Je ne m'en étais pas encore rendu compte, mais elles seront sans doute en pleine floraison demain ou après-demain...

Tout en songeant à « Yaezakura » et à « Miyoshino », je me suis promené sous les cerisiers en fleur.

Le 29 février — petite pluie

J'ai pris une journée de repos, hier, avant de m'atteler aujourd'hui à la dernière partie des « Ecrits de Sōji Yamanoue ». Levé à quatre heures du matin, je me suis assis devant ma table après avoir allumé le feu du brasero. Du vivant de Maître Rikyū, nous faisions chaque jour la cérémonie du thé à cette heure, durant l'hiver et le printemps. Aujourd'hui, je me rappelle la fraîcheur de l'eau, à cette heure matinale !

Sans plus attendre, j'ai recopié la partie intitulée : « Les Dix Engagements de l'Homme de Thé ». J'avais déjà copié le passage définissant l'homme de thé comme étant à la fois expert en ustensiles, bon conducteur de la cérémonie du thé et gagnant sa vie comme Maître de savoir-vivre à la manière simple et saine ; aujourd'hui j'ai recopié les dix engagements nécessaires à l'homme de thé. Cette partie a été pro-bablement rédigée par Monsieur Sōji d'après les paroles de Maître Rikyū, car il me semblait entendre sa voix en traçant ces lignes :

« Pratiquer le thé, de jour comme de nuit, pendant l'hiver et le printemps, en imaginant la neige dans son cœur. En été et à l'automne, le pratiquer jusqu'à huit heures du soir, et même plus tard, par un soir de lune. Pratiquer le thé jusqu'après minuit, même si l'on est seul. »

Ce passage est-il de Maître Rikyū ? J'eus le cœur serré en le recopiant, car voilà un précepte qu'appli-quait vraiment mon Maître...

« De quinze à trente ans, suivre aveuglément toutes les instructions du Maître. De trente à quarante ans, en revanche, il convient de réfléchir et d'arriver soi-même aux bonnes décisions. De quarante à cinquante ans, il faut prendre le contrepied du Maître, afin de trouver son propre style et d'être digne d'être appelé Maître à son tour : "Renouveler la Voie du Thé !". De cinquante à soixante ans, refaire en tout point ce que le Maître faisait (jusqu'au simple geste de transvaser l'eau d'un récipient dans un autre). Prendre exemple sur tous les Maîtres. A soixante-dix ans, tenter d'atteindre à la maîtrise de la cérémonie dont Monsieur Sōeki a aujourd'hui parachevé le style et que personne ne saurait imiter. »

On pourrait croire que ce passage est un secret d'apprentissage transmis oralement de Shōō à Rikyū, puis de Rikyū à Sōji, et que ce dernier aurait retranscrit en ses propres termes. Quoi qu'il en soit, cela touche sans aucun doute au cœur du problème de l'apprentissage du thé. J'ai, d'autre part, deviné l'incommensurable respect de Monsieur Sōji à l'égard de Maître Rikyū dans la phrase : « A soixante-dix ans, tenter d'atteindre à la manière et à la maîtrise de Monsieur Sōeki, qui a aujourd'hui parachevé son style. » Je suppose que Monsieur Sōji se demandait si lui-même pourrait atteindre le niveau auquel était arrivé Maître Rikyū, à soixante-dix ans, après de longues années d'apprentissage. Il était sans doute rempli à la fois d'espoir et de respect.

L'après-midi, j'ai recopié la « Biographie des Hommes de Thé » : plus de vingt noms accompagnés d'explications simples, commençant par Nōami et Jukō, pour finir avec Genya Tsuji, disciple de Shōō. Certains possédaient plusieurs dizaines d'ustensiles alors que d'autres n'en avaient qu'un seul.

Sur quelques-uns de ces hommes, Sōji porte un jugement personnel : ainsi à propos de Sōgo, du quartier de Shimogyō, il dit qu'« il était un amateur éclairé mais pas un expert, et que, s'il avait de petits ustensiles en grand nombre, il n'en possédait aucun de qualité ». Ou encore, au sujet d'un des disciples de Shōō, Genya Tsuji : « Il a tout appris de Maître Shōō, mais il n'est ni un expert ni un bon conducteur de cérémonie du thé : même avec un bon Maître, si on est incapable de créer quelque chose par soi-même, on reste médiocre toute sa vie ! » Cela reflète le caractère sans concession dont parlait Monsieur Kōsetsusaï.

On trouve aussi le genre de phrases suivantes : « Shōō mourut à cinquante-quatre ans. Son style était académique au point qu'on pouvait dire, par comparaison, qu'il avait dépassé les fleurs printanières épanouies de Yoshino, et aussi les floraisons de l'été, pour devenir un érable au feuillage rougi à l'automne ; celui d'Insetsu qui mourut à soixante-dix ans, je le comparerais à un arbre aux feuilles rabougries par les pluies répétées d'octobre ; celui de Jukō, disparu à quatre-vingts ans : c'est la neige sur la montagne. Quant à la cérémonie du thé de Sōeki, c'était déjà un arbre en hiver. » Je ne pense pas que le disciple Sōji ait pu prévoir, même en rêve, que la fin de Maître Rikyū serait si proche. Il avait écrit : « La cérémonie du thé de Sōeki, c'était déjà un arbre en hiver » et c'est ainsi qu'il mourut : tel un arbre en hiver...

Il pleuvait et il faisait complètement nuit. La postface, je l'ai copiée à la lueur de la bougie. Elle comportait une dédicace : « J'ai écrit ceci en réponse à ce que vous m'avez demandé avant de partir à Kyōto, dans une lettre scellée de votre sang. J'ai tout écrit, sans rien cacher... Mais tout d'abord, permettez-moi de vous remercier de bien vouloir garder l'employé sans Maître que je suis au château d'Odawara. J'ai tout expliqué durant ces vingt dernières années. Je vous souhaite de rester toujours fidèle au style simple et sain. Ceci doit être remis à mon cher disciple lorsque je serai convoqué à Kyōto, ou bien après ma mort. Certifié conforme. » Puis venait la date : février, dix-septième année de l'ère Tenshō[1], avec la signature et le cachet de Sōji. Le tout adressé à Kōsetsusaï.

Après avoir terminé, je posai mon pinceau. Mon travail de copie, qui s'était poursuivi pendant plusieurs jours s'arrêtait là. Selon Monsieur Kōsetsusaï, un passage dans ce manuscrit semblait indiquer que Monsieur Sōji avait pressenti son destin ; il voulait sans doute parler de cette phrase : « Lorsque je serai convoqué à Kyōto, ou après ma mort », qui est en effet une tournure pour le moins singulière.

Après l'ajout de plusieurs pages de poèmes chinois, et sans aucun rapport avec eux, on trouvait enfin un poème du moine Jichin :

> Je souhaite ne pas profaner la Loi
> Mais quelquefois,
> Je suis obligé de l'utiliser ou de la servir
> Pour gagner ma vie.

Monsieur Sōji avait inscrit à la suite de ce poème : « Le moine Jichin récitait constamment ce poème. C'est une fatalité regrettable que celle de Sōeki, la mienne et celle de tous les autres : faire de la cérémonie du thé notre gagne-pain ! »

Suivait la date : 21 janvier, seizième année de l'ère Tenshō[2]. Voilà donc l'émotion indignée qui submergea l'auteur Sōji, un jour de janvier ! Impossible pour moi de ne pas en tenir compte. Il y était aussi question de Maître Rikyū.

Parvenu à la fin, j'ai eu l'impression d'avoir été brusquement ramené en ce monde difficile, après avoir passé plusieurs jours dans l'univers du thé.

---

1. 1589. *(N.d.T.)*
2. 1588. *(N.d.T.)*

Il me semble que je devrais réfléchir à quelque chose, il y a forcément quelque chose ! Mais je décide de ne pas y penser ce soir et de dormir.

Le 10 mars — beau temps

Je suis allé à Daïtokuya, cet après-midi, pour revoir Monsieur Kōsetsusaï. J'y suis arrivé avec une heure d'avance. Normalement, j'aurais dû aller à Fushimi, chez Monsieur Kōsetsusaï ; c'est d'ailleurs ce que j'avais proposé au patron de Daïtokuya. Mais nous avons finalement décidé de nous rencontrer à la salle de thé de Daïtokuya, conformément au désir de Monsieur Kōsetsusaï. En fait, je ne sais pas vraiment si c'est bien là l'idée de Monsieur Kōsetsusaï ou celle du patron de Daïtokuya. Ce dernier s'intéresse beaucoup au thé, ces temps-ci...

La salle, large de trois tatami, était prête à recevoir des invités : une calligraphie de Monsieur Kōkeï était accrochée au mur et on avait mis un camélia *wabisuke* dans un petit vase en poterie de Shigaraki nommé « Accroupissement ». Notre hôte m'avait demandé conseil au sujet du bol et je lui en avais conseillé un contemporain, rouge.

Dans une cérémonie plus ou moins formelle, en général, on me demande d'aider à la préparation, mais aujourd'hui j'y ai participé en qualité d'invité.

Arrivé juste avant l'heure du rendez-vous, Monsieur Kōsetsusaï a été aussitôt conduit vers sa place. Il a sur-le-champ goûté le thé servi par notre hôte et nous nous sommes régalés ensuite du menu suivant :

> saumon grillé, potage de pâte de soja, deuxième potage à la dorade ;
> algues cuites, riz, gâteau de patate douce.

Cette cérémonie étant organisée à l'occasion de ma rencontre avec Monsieur Kōsetsusaï, notre hôte nous a servi en silence le thé et le festin. Vers la fin du repas, la conversation s'est naturellement orientée vers les « Ecrits de Sōji Yamanoue ». J'ai tout d'abord rendu son exemplaire à Monsieur Kōsetsusaï, en l'informant que je l'avais recopié à l'identique.

« Cela aurait fait plaisir à Monsieur Sōji de pouvoir vous être utile. Mais je voudrais vous demander ce que vous ressentez après avoir achevé ce travail de copie ?

— J'ai appris beaucoup de choses et j'ai honte de n'avoir moi-même rien noté au cours de mes dix années de service auprès de Maître Rikyū ! Monsieur Sōji était un homme remarquable. Il est dit dans ce manuscrit que les caractéristiques d'un Maître sont de posséder des ustensiles chinois anciens, d'être un expert, de maîtriser la cérémonie du thé et d'avoir la volonté incessante de rechercher la Voie... De ce point de vue, on peut indubitablement le classer, lui aussi, parmi les Maîtres.

— C'est bien mon avis ! Et, que pensez-vous des rumeurs concernant sa mort ?

— Hum ! »

Je ne pus trouver autre chose à lui répondre.

« Moi, je crois qu'il est encore en vie quelque part, l'auteur de cet excellent livre, où l'on affirme qu'il est regrettable de gagner sa vie en profitant de la Voie du Thé ! Pourquoi cet homme remarquable se serait-il échappé du château d'Odawara et aurait-il supplié le Taïkō Hideyoshi de lui laisser la vie ? Je pense qu'il a profité du désordre général qui a suivi la chute du château pour s'enfuir... Il était très doué pour les disparitions ! Il s'était déjà enfui à plusieurs reprises : il partait, revenait, s'enfuyait à nouveau et revenait encore ! C'est peut-être ce qu'il comptait faire, une fois de plus, mais avant d'avoir pu revenir, il aura entendu parler de l'affaire de Monsieur Rikyū et perdu toute envie de retour ? Peut-être a-t-il préféré laisser croire à ces rumeurs de mort, avec nez et oreilles tranchés ? Et qui sait s'il n'est pas en train d'y réfléchir, en ce moment même ? »

Quelque chose dans le ton de sa voix me poussait à lui demander s'il ne l'avait pas revu quelque part depuis, mais j'y ai renoncé... Puis, il a changé de sujet pour me demander la signification des termes : *kuden* et *mitsuden*, mentionnés dans les « Ecrits de Sōji ». Pour moi aussi, ces mots sont difficiles à comprendre, mais je lui ai fait part de mon opinion :

« Je suppose que Monsieur Sōji utilisait *kuden* pour désigner une chose inexplicable par écrit et que l'on ne peut transmettre qu'oralement ; en revanche, *mitsuden* indique quelque chose destiné à son seul disciple. Je crois que Maître Rikyū aussi, employait ces termes, de temps à autre.

— Bien sûr ! a répondu Monsieur Kōsetsusaï, c'est à peu près ce que j'imaginais, mais j'avais besoin de me l'entendre confirmer... Quoi qu'il en soit, ces notions existent non seulement dans l'univers du thé, mais aussi en ce bas monde. Autre chose, a-t-il poursuivi sans s'expliquer plus avant, on trouve dans ce texte, que Monsieur Shōō citait souvent, un passage du poème : "Avoir froid dans un univers glacé et desséché", exprimant le souhait de trouver ce même univers au bout de la Voie du Thé. A mon sens, cela doit signifier qu'il ne faut se griser de rien et toujours avoir le cœur en alerte.

— C'est une question terriblement difficile, et qui dépasse nos talents ! Moi aussi, j'y ai réfléchi en recopiant ce passage : je me suis demandé quel était cet univers auquel le maître de mon Maître voulait arriver ? Un cœur en alerte ! ne se griser de rien ! Mais bien sûr ! L'univers dans lequel évoluait mon Maître lors de ses derniers jours lui ressemblait sans aucun doute : il était toujours en alerte...

— Non, non ! Cela, c'est mon interprétation ! Je ne

sais si elle est exacte ou pas. Et pour ce qui est des "cœurs en alerte", Messieurs Shōōet Rikyū, célèbres Maîtres de thé, se montraient en alerte dans tous les domaines. Vous vous souvenez du chapitre concernant l'apprentissage du thé ? Je pense qu'il est dû à Monsieur Rikyū : au début, il faut obéir à tout ce que le Maître ordonne ; ensuite, s'éloigner de lui un certain temps : si le Maître dit d'aller à l'est, se diriger vers l'ouest ! Cette période de contestation est nécessaire pour trouver sa propre personnalité ; après quoi, il faut retourner à nouveau vers le Maître et son enseignement : l'imiter dans les gestes les plus simples, comme verser l'eau d'un récipient dans un autre... Ceci vaut aussi dans la vie quotidienne. Il en va de même pour le samouraï dans la bataille. Il convient de faire d'abord ce que dit le Taïkō Hideyoshi ; mais on ne pourra trouver sa propre identité que si l'on s'éloigne de lui à un moment donné. Et lorsqu'on s'est trouvé, revenir sous son autorité. Mais c'est très difficile : tous se sont perdus en s'éloignant de lui... Sauf le Shōgun Ieyasu.

— Vous faisiez allusion à la conduite de mon Maître et au fait qu'il gardait toujours le cœur en alerte pour la Voie du Thé, mais je ne sais si pour la vie courante...

— Voilà précisément ce que j'aimerais vous demander, Monsieur Honkakubō : pour quelle raison est-ce que Monsieur Rikyū... »

Et la conversation s'orienta naturellement vers les causes de la mort de mon Maître. Dans quelle mesure l'avait-il attirée lui-même ? Treize années se sont écoulées depuis sa mort, et maintenant plus que jamais, de nombreuses rumeurs circulent. Pour beaucoup, je ne saurais dire où je les ai entendues, mais il y en a dont j'ignorais jusqu'à l'existence ! J'en appris ainsi plusieurs de la bouche de Monsieur Kōsetsusaï, tandis que le patron de Daïtokuya nous écoutait en silence. Le Taïkō Hideyoshi n'est plus depuis cinq ans et l'on peut désormais dire pratiquement ce que l'on veut sur lui sans crainte de gros désagréments.

« Pourquoi Monsieur Rikyū s'est-il donné la mort ? Il aurait selon certains essuyé une brusque colère du Taïkō ; selon d'autres, il aurait eu, lui le protégé du Taïkō Hideyoshi, un comportement intolérable à l'égard de ce dernier, d'où sa disgrâce. Une troisième explication, plus vraisemblable, serait son exclusion par ses pairs de l'Académie de Thé de Sakaï. On raconte aussi qu'en janvier de la dix-neuvième année de l'ère Tenshō[1], il aurait organisé une cérémonie au palais de Jurakudaï, avec comme unique invité Ieyasu, et que cette affaire, parvenue aux oreilles du Taïkō Hideyoshi, aurait décidé de tout. On avance enfin que Monsieur Rikyū, proche des "modérés", devait être écarté, afin de rétablir l'unanimité en faveur de l'invasion de la péninsule coréenne ! C'est une opinion répandue... Mais il y a aussi d'autres hypothèses : des rumeurs concernant la fille de Monsieur Rikyū, ou bien l'affaire de la porte du temple Daïtoku-ji, dont on parle depuis longtemps déjà, ou encore la vente à un prix élevé de ses ustensiles de thé... Si ces hypothèses se transmettent de bouche à oreille, il existe aussi une correspondance secrète parmi les gens de thé et les samouraï qui les relatent avec sérieux.

— C'est dur pour Maître Rikyū : on raconte n'importe quoi !

— C'est vrai ! Et c'est triste... mais on n'y peut rien. Il a pourtant accompli tellement de choses !

— Tout de même... Mais vous, Monsieur Kōsetsu-saï, quelle est votre opinion ?

— Je ne saurais répondre ! Comme je l'ai dit tout

---

1. 1591. (N.d.T.)

à l'heure, si vous n'en avez pas, qui d'autre le pourrait ? »

A sa façon de formuler cela, j'ai senti qu'il attendait une réponse de ma part mais je me suis abstenu. Je ne trouvais rien à dire...

Retour chez moi à cinq heures, à l'heure où le soleil se couche dans cette brume de printemps... Il y avait une réunion de quartier, à deux ou trois maisons de là : je m'y suis rendu. A mon retour, il faisait nuit noire.

Après avoir allumé le feu dans ma salle de thé, je me suis assis. A présent que j'étais seul, j'éprouvais une insupportable envie de me retrouver face à Maître Rikyū :

« Vous devez être fatigué... », ai-je alors dit à son intention.

A quoi j'ai obtenu immédiatement la réponse suivante :

« Oui, on peut dire que je suis un peu fatigué. Le monde est vraiment assommant ! Il en va ainsi lorsqu'on est vivant et c'est pareil quand on est mort...

— Voulez-vous que je vous prépare du thé ?

— Prépares-en d'abord ; moi, je le ferai plus tard. On dirait que la lune s'est levée...

— Vous avez l'air triste.

— Je ne suis pas triste ; tu l'as bien dit toi aussi, aujourd'hui, il n'y a aucune tristesse dans ma pensée.

— Un jour, vous marchiez sur un long chemin, n'est-ce pas ? C'est là que je vous ai quitté...

— Je m'en souviens. Il est bon que tu te sois décidé à partir : il ne faut pas vivre de la cérémonie du thé... A l'époque de Maître Shōō, cela pouvait encore passer, mais après, il suffisait de moi et de Sōji...

— Monsieur Sōji a-t-il vraiment connu la fin qu'on lui prête ?

— Qu'importe ? Mort ou vivant, laisse faire Sōji

Yamanoue. S'il est mort après avoir eu les oreilles et le nez tranchés, c'était là le vœu d'un homme de thé.

— Vous souvenez-vous de ce soir étrange, dans la salle de thé du palais ?

— Je m'en souviens.

— A part vous, il y avait aussi Monsieur Sōji Yamanoue.

— Oui.

— Et une troisième personne.

— Ah ? Qui ?

— Mais il y avait bien quelqu'un d'autre ?

— Non, la place était vide.

— Pourtant, quelqu'un...

— Assez ! Mets qui tu veux à cette place ! N'importe qui conviendra : choisis pour moi. Mais arrêtons là cette discussion. Je vais préparer le thé le premier. Je l'ai déjà fait pour toi, une fois. Depuis... »

La voix de Maître Rikyū s'est brusquement éteinte et je n'ai plus rien entendu.

Troisième chapitre

Au sujet de Monsieur O. F.

Voici dix jours déjà que j'ai été invité par Monsieur Oribe Furuta à prendre le thé chez lui, à Fushimi, le 13 février de la quinzième année de l'ère Keïchō[1].

Hier soir, le premier vent de printemps a soufflé très fort ; comme il ne s'est pas encore tout à fait calmé, j'ai décidé de rester à la maison pour rédiger un compte rendu de ma visite chez Monsieur Oribe, de mon comportement et de notre conversation.

Depuis quelques années, j'ai pris l'habitude de noter les événements de ma vie quotidienne ; cela ne mérite pas vraiment d'être appelé un journal... En ce qui concerne mes retrouvailles avec Monsieur Oribe après vingt ans, je voudrais les décrire plus en détail. Grâce à quoi j'ai remis cela chaque jour à plus tard.

Monsieur Oribe prit contact avec moi juste un mois avant la date mentionnée ci-dessus. Un homme de la ville, que je vois quelquefois, servit d'intermédiaire.

« Je souhaiterais vous revoir, disait le message de Monsieur Oribe, et vous poser une question. Je ne servirai que le thé, ce jour-là. Je serais heureux si

1. 8 mars 1610. *(N.d.A.)*

vous veniez à deux heures de l'après-midi. » Il m'invitait à cette heure-là, m'expliqua le messager, car il était fort occupé avec sa charge de Meilleur Maître de thé de notre époque.

J'acceptai aussitôt. Je me souvins que, du temps de Maître Rikyū, Monsieur Oribe me parlait comme à un familier au palais de Juraku. Mais vingt années avaient déjà passé... Vingt ans, c'est long ! Je me rappelle cette époque avec tendresse... J'étais ravi qu'il ne m'eût pas oublié et qu'il m'invitât. En plus, j'étais curieux de voir Monsieur Oribe en Grand Maître de thé, à l'apogée de sa puissance ! Calculons son âge à partir du mien, cinquante-neuf ans : il a soixante-sept ans maintenant... Ce n'est pas très éloigné de l'âge qu'avait mon Maître à sa mort...

Toutefois, j'entendais garder mes distances vis-à-vis de lui, car, ne l'oublions pas, après la mort de Maître Rikyū, il avait reçu des faveurs du Taïkō Hideyoshi et consolidé sa position d'homme de thé en négligeant le respect dû à mon Maître. Après la disparition du Taïkō, il était entré dans l'entourage du Shōgun Ieyasu et se trouvait à présent à un poste permettant de contrôler tout ce qui concernait le thé dans le clan Tokugawa : une excellente situation. Une rumeur me gênait, à son propos, rumeur selon laquelle il avait totalement modifié le monde du thé de mon Maître. Un simple commérage certes, mais il n'y a pas de fumée sans feu ! Enfin, peu importe...

Que Monsieur Oribe ne m'ait pas oublié après vingt années et m'invitât me remplissait d'une profonde émotion. Plus que tout, j'étais très heureux de pouvoir parler de mon Maître avec quelqu'un qui l'avait bien connu. Rien que d'y penser, mon cœur se serrait d'une émotion que je ne pouvais identifier : joie ou tristesse ?

Si Monsieur Kōsetsusaï était encore en bonne santé, je pourrais le voir, de temps en temps, pour parler de Maître Rikyū et de Monsieur Yamanoue, mais il a quitté ce monde en juin dernier, à l'âge de soixante-quatorze ans... et depuis sa mort, je ne vois plus personne.

C'est dans cet état d'esprit que je reçus l'invitation de Monsieur Oribe... il restait un mois avant la date prévue et j'attendis le 13 février avec impatience.

Dix jours avant notre rendez-vous, les bourgeons du prunier blanc commencèrent à gonfler et, la veille, le prunier rouge à s'épanouir. Ce jour-là, je me promenai derrière la maison et sur la colline pour cueillir quelques branches de *fuki* à offrir à Monsieur Oribe.

Je pris le chemin de Kyōto l'après-midi du 12 et passai la nuit chez Daïtokuya, à Teramachi. Je repartis le lendemain matin vers Fushimi pour y arriver aux alentours de midi. Je me reposai chez un ami qui habite en face de Rokujizō. Enfin, j'arrivai à l'heure chez Monsieur Oribe.

Dans le jardin menant à la salle de thé flottait un léger parfum. Je fus introduit par la petite porte et Monsieur Oribe entra par celle de l'hôte. J'eus l'impression qu'il avait encore grandi, depuis vingt ans ; mais son regard, qui semblait lire dans les pensées de son interlocuteur, n'avait pas changé.

« Il y a bien longtemps que nous ne nous sommes vus, dis-je en m'inclinant profondément.

— Je suis heureux de vous retrouver en bonne santé.

— Je suis très ému.

— Moi aussi. »

J'eus du mal à empêcher mes larmes de couler.

« Monsieur Honkakubō, vous n'avez absolument pas changé !

— Ah ! Merci. Vous non plus.

— Nous avons tout de même vingt ans de plus, n'est-ce pas ?

— J'ai tenté de résister à toutes ces années... Je vous remercie de m'avoir invité.

— Moi aussi, j'ai résisté. »

Je me suis alors demandé pourquoi on disait qu'il avait changé le thé. Sa salle était de trois tatami, et une calligraphie de Maître Rikyū était accrochée dans le *tokonoma*.

Il prépara le thé avec un pot chinois de haute taille que j'avais déjà vu une fois, et aussi un bol de *karatsu*. Il avait exactement les attitudes de Maître Rikyū... Etait-ce parce qu'il avait grossi ? Il semblait pratiquer la cérémonie avec les gestes de notre Maître.

« Cela fait longtemps que je ne me suis pas assis devant mon Maître, dis-je en regardant à nouveau la calligraphie, après avoir bu mon thé.

— Après la bataille d'Odawara, je ne l'ai pas revu très souvent. Alors pour moi aussi, cela fait long-temps, aujourd'hui.

— Je vous remercie de votre sollicitude.

— Il y a une chose que je voudrais vous montrer, dit Monsieur Oribe avant de sortir pour revenir aus-sitôt. Vous ne connaissez pas ceci, Monsieur Honka-kubō. »

Tout en parlant, il me passa une spatule et son étui cylindrique. Je me penchai pour les contempler.

« C'est mon dernier souvenir de Monsieur Rikyū. Il confectionna deux spatules, à Sakaï : une qu'il me donna et une autre qu'il offrit à Monsieur Sansaï. »

Ma main fut prise d'un tremblement que je ne pus réprimer : cette spatule, à la forme simple et modeste, représentait-elle donc la dernière volonté de mon Maître ? L'étui, lui, avait sans doute été fabri-qué par Monsieur Oribe. C'était un étui cylindrique, laqué à l'intérieur comme à l'extérieur, avec une fenêtre carrée au milieu.

— Quel est son nom ?

— "Larmes."

— Est-ce Maître Rikyū qui l'a nommée ?

— Non ! Il n'aurait jamais donné un nom aussi grave. Il était très doué pour trouver des noms, personne ne savait le faire mieux que lui... D'une manière claire et sèche, tel un vent frais léger. »

Il avait raison. Je faillis lui demander qui avait trouvé ce nom, mais je me tus car personne d'autre que lui-même n'aurait pu trouver ce mot, si lourd, de « Larmes ».

« J'ai entendu dire que la spatule de Monsieur Sansaï se nommait "Vie". Mais il est difficile d'approcher une chose digne de porter un tel nom, aussi je ne l'ai pas encore vue. En tout cas, je comprends qu'il l'ait appelée ainsi : chaque jour, il s'installe face à un objet aussi précieux que sa vie même. »

Je compris moi-même alors que Monsieur Oribe se mettait sans doute chaque jour face à un objet reçu de Maître Rikyū, qu'il considérait comme ses propres larmes... Je pris à nouveau l'étui en main, et en le fixant du regard, je m'aperçus qu'il dissimulait en fait une tablette funéraire pour mon Maître... Je suis certain que chaque jour, Monsieur Oribe prie devant cette spatule, ou tout au moins le faisait-il du temps du Taïkō Hideyoshi ! Je constatai ainsi que je n'étais pas le seul à prier pour Maître Rikyū. Je dus encore me contenir pour ne pas pleurer... Je ne sais si Monsieur Oribe se rendit compte de mon trouble, mais il me dit alors :

« Il était vraiment très doué pour donner des noms ! Vous connaissez le bol rouge de Chōjirō, appelé "Hayafune" (bateau rapide) ?

— J'ai entendu ce nom mais je n'ai jamais vu ce bol.

— C'était la quatorzième ou peut-être la quinzième année de l'ère Tenshō[1], je ne me souviens plus exactement, car il y a longtemps, déjà, j'ai savouré un thé servi dans "Hayafune", chez Monsieur Rikyū, avec Messieurs Ujisato et Sansaï...

« La cérémonie se tint à l'aube, au palais du Taïkō Hideyoshi, dont nous étions les trois invités. Un certain bol de Raku[2] apparut pour la première fois : grand, la lèvre légèrement recourbée vers l'intérieur, le pied bas, de couleur rouge à l'intérieur et à l'extérieur. Toutefois, un imprévu dû à la chaleur du four lui avait laissé une tache bleu-vert sur sa partie externe, une particularité intéressante. Il avait un air ample, somptueux et autoritaire, qui coupait le souffle des invités. Monsieur Sansaï s'empressa de demander l'origine de ce bol à Monsieur Rikyū... Ce dernier répondit qu'il se l'était fait envoyer de Corée par bateau rapide afin de pouvoir l'utiliser dans cette cérémonie du thé !

« Il va sans dire que nous décidâmes alors de le nommer "Hayafune". C'est une manière très poétique de nommer quelque chose... Monsieur Rikyū prenait beaucoup de plaisir à cela et le nom était juste. Il nous a fait croire que ce bol de Chōjirō avait été apporté par bateau rapide... Mais voici une autre anecdote, concernant cette cérémonie.

« Messieurs Ujisato et Sansaï demandèrent tous deux pratiquement en même temps à Maître Rikyū de leur donner "Hayafune" ; cela avec beaucoup d'insistance. Le Maître garda un silence souriant pendant la cérémonie... Mais lorsque chacun fut reparti vers son logis, il envoya un message à Mon-

1. 1586 ou 1587. *(N.d.T.)*
2. Style de poterie créé par Chōjiro Tanaka (1516-1592) sous la direction de Rikyū. Forme libre, même le vernis irrégulier est toléré. Très apprécié par les hommes de la Voie du Thé simple et sain. *(N.d.T.)*

sieur Oribe, expliquant ce qui s'était passé, et que lui-même ayant l'intention de l'offrir à Monsieur Ujisato, il lui demandait d'intervenir auprès de Monsieur Sansaï afin que ce dernier accepte sa décision. Il fallait de plus résoudre ce problème dans la journée car Monsieur Ujisato quittait Kyōto le jour-même.

« Ce message me fut délivré à moi, mais portait la mention "A trois honorables destinataires". Une jolie attention typique de Monsieur Rikyū. Donner "Haya-fune" à Monsieur Ujisato qui avait l'esprit assez audacieux pour tolérer toutes sortes d'opinions témoignait d'une grande habileté. Je suppose que Monsieur Rikyū destinait un bol de Raku noir à Monsieur Sansaï ; le Raku rouge n'était pas pour lui. Si ma supposition est juste, Monsieur Rikyū se montrait ainsi fort adroit : il jugeait parfaitement le caractère de chaque homme de thé...

« Monsieur Ujisato est devenu un grand samouraï, propriétaire de terrains produisant 920 mille *koku* de riz[1] à Kurokawa, dans la région d'Aïzu. Mais il est mort depuis dix ans. Il avait adopté le second fils de Monsieur Rikyū, Shōan, et en prenait grand soin, ce que tout le monde n'aurait pas fait ! C'était un homme remarquable. »

J'en entendais parler pour la première fois. J'ai passé vingt ans dans l'inaction, sans tenter de connaître le sort des membres de la famille de mon Maître.

« Maître Rikyū a de la chance : avoir un Monsieur Oribe qui le comprenne si bien !

— Non, non ! car je ne saisis pas le point le plus important : son état d'âme, à la fin. Je pense qu'il savait très bien pourquoi il avait reçu l'ordre de se tuer ; il était parfaitement capable d'en percevoir la

1. 1 koku = 180 litres de riz. (*N.d.T.*)

raison. C'est nous qui ne sommes pas assez intelligents pour la comprendre !

— Même pas vous, Monsieur Oribe ?

— Bien sûr que non ! Ni moi, ni Monsieur Sansaï non plus ! Nous n'y comprenons rien... nous en sommes réduits aux suppositions ! Les rumeurs circulent encore : anciennes versions, nouvelles versions...

— ... transmission secrète et transmission orale...

— Oui, c'est cela. La rumeur, transmise secrètement ou publiquement. Mais vingt ans ont passé ! Entre-temps, le Taïkō Hideyoshi est mort, lui aussi. Tout sera bientôt enfoui sous les mauvaises herbes : versions secrètes ou publiques, anciennes ou nouvelles... J'aimerais pourtant vraiment savoir une chose, plus importante. Monsieur Sansaï serait probablement d'accord avec moi : comment était Monsieur Rikyū, au dernier moment, enfin, pendant les dix derniers jours à Sakaï ? Quel était son état d'esprit ? Qu'en dites-vous, Monsieur Honkakubō ?

— Moi, je serais bien en peine de..., balbutiai-je.

— A quoi a-t-il songé ? Enfin, pourquoi ne s'est-il pas défendu ? Je pense qu'il ne lui était pas impossible d'obtenir sa grâce.

— Mais était-il en position de la demander et de calmer ainsi la colère du Taïkō Hideyoshi ?

— Je crois que oui. Il ne m'en a toutefois pas parlé. Il n'a demandé à personne de l'aider. Pour quelle raison ? Je ne cesse de m'interroger là-dessus, surtout ces derniers temps. Vous qui fûtes longtemps près de lui, qu'en pensez-vous ?

— Comment pourrais-je comprendre ce que vous, Monsieur Oribe, ne comprenez pas ? Il est parti soudain du palais de Juraku pour n'y jamais revenir. C'est tout. Je ne sais même pas où il est mort ! Je ne sais rien, rien du tout...

— Bien, restons-en là ! Mon invitation d'aujourd'hui n'avait d'autre but que d'évoquer Monsieur Rikyū, cet homme exceptionnel, et de nous remémorer quelques souvenirs... Mais nous avons un peu dévié, et la conversation s'est faite bien grave ! Voyez-vous quelquefois Monsieur Sansaï ?

— Non ! J'entends de temps en temps parler de lui. Mais ce n'est plus le jeune Monsieur Sansaï d'il y a vingt ans : quelqu'un comme moi ne peut pas l'approcher si facilement !

— Pas du tout ! Je lui parlerai de vous, à l'occasion, cela lui fera plaisir... Il a dédié sa vie à Monsieur Rikyū. Ou, plus exactement, au thé de Monsieur Rikyū. Sur ce point-là, vous êtes semblables. Il n'assiste presque plus aux cérémonies officielles : il s'est retiré du monde après la mort de son maître et ne pratique plus que pour lui-même ou pour ses proches. C'est merveilleux ! Moi, je ne me suis toujours pas décidé : je confie les choses importantes à Monsieur Sansaï tandis que je cours en tous sens, pour vivre du thé ! J'entends Monsieur Rikyū me dire, le visage souriant : "Cela suffit, arrêtez !" Je sens qu'il m'observe avec bienveillance... En fait, je déplore que les circonstances quotidiennes ne me permettent pas d'appliquer toujours ce principe de la Voie du Thé : "Dans la maison, il suffit de ne pas laisser l'eau s'infiltrer ; dans la vie, simplement de ne pas mourir de faim."

Et en disant cela, Monsieur Oribe éclata de rire : un rire insouciant, me sembla-t-il...

Je me retirai finalement vers quatre heures de l'après-midi, après avoir passé environ deux heures avec mon hôte qui me raccompagna jusqu'au portail.

Je repartis tout de suite à pied vers la capitale. Et, tantôt marchant, tantôt me reposant, je parcourus les huit kilomètres plongé dans mes pensées. J'étais vraiment très heureux d'avoir revu Monsieur Oribe. Le monde a beau être rempli de rumeurs sur son compte, ces vingt années ne l'avaient absolument pas changé : il était toujours fidèle à Maître Rikyū. Cela, j'avais pu le constater de mes propres yeux, le ressentir dans mon cœur.

J'avais beaucoup apprécié l'anecdote de « Larmes » ainsi que celle de « Hayafune ». Décidant qu'en un tel jour, mieux valait ne rencontrer personne d'autre, je ne m'arrêtai pas à Daïtokuya où j'avais été hébergé la nuit précédente, et regagnai directement mon domicile.

De retour à la maison à sept heures, j'ai passé toute la soirée en compagnie de Monsieur Oribe, car je ne pouvais cesser de penser à lui.

Tout à coup, je me suis levé en sursautant et j'ai pris pleinement mesure de mon étourderie : cela fait vingt ans aujourd'hui, 13 février, que Maître Rikyū a quitté le palais de Jurakudaï pour Sakaï ! C'est aussi ce jour-là que Messieurs Oribe et Sansaï l'ont accompagné jusqu'à la rivière Yodogawa... En un instant, je me suis senti paralysé de honte : c'était l'anniversaire du dernier adieu de Monsieur Oribe à mon Maître et il aurait sans doute souhaité que nous parlions plus longuement de lui, en ce jour ! Cela allait de soi ! J'avais été un invité bien négligent pour ne même pas deviner le sentiment de mon hôte !

Maître Rikyū est mort un 28 février. Chaque année, à cette date, j'accomplis mes devoirs envers lui mais, encore que ce soit terriblement malavisé de ma part, je n'avais jamais songé à ce qu'un jour comme aujourd'hui pouvait représenter pour Monsieur Oribe.

Tout ce qu'il m'a raconté prend une signification autrement plus profonde : il affirme ignorer ce que pouvait penser Maître Rikyū à la fin : « Et c'est justement ce que je voudrais savoir : quel pouvait bien être le sentiment de Monsieur Rikyū, pendant la dizaine de jours qui suivit son départ pour Sakaï ? »

Nul doute qu'il s'agit là de la question la plus importante concernant mon Maître.

« Vous qui avez été pendant de longues années son plus proche collaborateur, qu'en pensez-vous ? »

C'est bien ce qu'il a dit. Je fus en effet son plus proche collaborateur, et c'est à ce titre que cette question me fut posée. Et j'ai répondu à Monsieur Oribe que si lui-même n'en savait rien, comment donc est-ce que moi je le pourrais ? Et je ne mentais pas. Toutefois, je pense que, s'il avait insisté, je lui aurais répondu quelque peu différemment :

« Je sais bien, moi, quel était le sentiment de mon Maître, à la fin ! Comment pourrais-je ne pas le savoir ? Maître Rikyū resta celui qu'il était. Mais même si je voulais l'exprimer avec des mots, je ne pourrais y parvenir. Je comprends parfaitement son sentiment après son départ pour Sakaï... Comment pourrais-je ne pas le comprendre ? »

Je crois bien qu'en vingt ans, depuis notre séparation, je ne m'étais jamais tenu dans une position aussi correcte face à mon Maître que ce soir-là. C'est alors que j'ai entendu sa voix venue me réconforter :

« Si tu n'arrives pas à le dire avec des mots, n'en parle pas : ce n'est pas grave... »

Et cette voix je ne l'ai pas entendue une mais vingt, cent fois ! Je n'ai rien répondu à cette phrase qui revenait comme une litanie ; je suis resté simplement là, tranquillement, attendant l'aube, le cœur serré.

Monsieur O.F. — deuxième partie

Aujourd'hui, 22 septembre (de la seizième année de l'ère Keïchō ou 27 octobre du calendrier solaire), je suis allé à une cérémonie matinale du thé, à laquelle m'avait convié Monsieur Oribe.

J'ai passé la nuit dernière chez un ami, à Fushimi,

et je suis arrivé aujourd'hui à l'heure dite chez Monsieur Oribe. Dix-huit mois se sont écoulés depuis sa dernière invitation. Comme il ne m'avait pas fait signe au printemps, je pensais ne plus jamais avoir l'occasion de pénétrer dans cette salle de thé. Mais, alors que l'automne était déjà bien avancé, j'ai reçu cette invitation.

Pendant cette année et demie, il a franchi un autre échelon dans la hiérarchie et il est devenu Grand Maître. Bien entendu, il touche toujours sa pension de dix mille *koku de* Daïmyō retraité, mais depuis qu'il a initié le Shōgun Hidetada, à l'automne dernier, il est devenu le Maître de thé irremplaçable de tout le clan. On dit de lui tout naturellement : « un grand homme de thé », « le plus grand homme du goût simple et sain », « le plus grand bonze au monde ».

C'est donc de cet homme que je reçus des nouvelles, un mois avant la date indiquée pour la cérémonie. A cause de ce qui s'était passé la dernière fois, je voulus savoir ce que représentait ce jour du 22 septembre pour lui et je n'eus pas besoin de chercher bien loin : je m'aperçus tout de suite que c'était le jour où mon maître l'avait convié à une cérémonie dont il était l'unique invité. Cela se passait au matin du 22 septembre, dix-huitième année de l'ère Tenshō[1].

Ce même jour, la cérémonie du midi fut pour Monsieur Sōzaemon, le marchand de Kimuraya, à Osaka, et celle du soir pour Monsieur Terumoto Mōri. Ces trois cérémonies n'eurent qu'un seul invité chacune. Puis, le lendemain, au matin du 23 septembre — comment pourrais-je l'oublier — mon maître organisa une cérémonie du thé pour moi ! Quand j'y réfléchis maintenant, je ne peux m'empêcher de pen-

1. 1590. *(N.d.T.)*

ser qu'à ce moment, déjà, il avait pressenti qu'il ne lui restait plus que peu de temps à vivre (même pas six mois !) et qu'il s'était efforcé de faire ainsi ses adieux à ses proches. Pour Monsieur Oribe aussi, ce fut sans doute la dernière cérémonie avec mon Maître, en qualité d'invité unique. Nul besoin de préciser que cela se passait dans la salle de thé de quatre tatami et demi du palais de Juraku. Je ne peux pas en parler avec certitude puisqu'elle n'est nulle part consignée, mais je crois qu'il devait y avoir un puisoir de Seto, un plateau carré, un pot bombé, nommé « Konohazaru », et un bol conique de Yakushidō.

Mais laissons cela de côté...

Le Monsieur Oribe que j'ai vu aujourd'hui n'avait absolument pas changé depuis notre dernière rencontre. Mieux, avec sa bonne mine et sa voix ferme, on n'aurait jamais dit qu'il approchait des soixante-dix ans.

J'entrai dans la même salle de trois tatami que l'autre fois. Un rouleau de Neïtsusan était accroché dans le *tokonoma*.

Je bus le thé. Mon hôte se servit d'un pot « Tsujidō » de Seto et du célèbre bol noir de Seto, à l'arrondi irrégulier. Sa manière était, cette fois encore, extrêmement fidèle à celle de Maître Rikyū : ample, libre et tranquille. Toutefois, en ce qui concerne les ustensiles, il se démarquait un peu de mon Maître : il semblait utiliser des ustensiles conformes à ses propres goûts luxueux.

Le repas se composait de saumon grillé, d'un oiselet, de soupe, de riz, de pâté de soja au *yuzu* et de friandises : marrons, pâtes grillés.

Le moment venu, je priai mon hôte d'excuser mon extrême maladresse pour ne pas m'être rendu compte de ce que représentait le jour de sa dernière invitation.

« Bah ! Ce genre de choses n'a pas d'importance !

L'autre fois, c'était la cérémonie de la saison des fleurs de prunier, aujourd'hui, celle du *lespedeza*... », lança-t-il en riant.

Quelle magnanimité ! Je renonçai à mentionner l'anniversaire d'aujourd'hui : mieux valait me taire.

« En outre, j'atteindrai l'année prochaine l'âge auquel Monsieur Rikyū s'en est allé, et ces temps-ci, je découvre enfin le véritable sens de ses paroles. »

Et il commença à me parler de la peinture aux aigrettes, que j'ai vue autrefois :

« Ceci se passait en mai de la treizième année de Tenshō[1], je ne l'oublierai jamais : j'avais demandé à Monsieur Rikyū quelle était la quintessence du style simple et sain. Jamais je n'oserais poser une telle question aujourd'hui, mais à quarante ans à peine, c'est le moment où l'engouement pour la cérémonie du thé est le plus fort et j'eus l'insolence d'énoncer une telle énormité ! Et voici ce que fit Monsieur Rikyū : il y avait une peinture d'aigrettes, réalisée par Joki, chez les Matsuya de Nara, une peinture ancienne, renommée comme l'une des plus belles au monde. "Comprendre cette image d'aigrettes, dit-il, c'est peut-être comprendre la quintessence du style simple et sain. Il faut tout d'abord regarder cette peinture." Là-dessus, je suis parti à cheval pour Nara dès le lendemain, afin d'aller la voir. La connaissez-vous ? ajouta-t-il à mon adresse.

— Je l'ai vue une fois, chez Matsuya, en accompagnant Maître Rikyū

— Qu'en avez-vous pensé en la voyant ?

— "C'est donc là le célèbre tableau aux aigrettes !" Ce fut à peu près tout. Mais la beauté de ces deux aigrettes blanches est restée gravée en moi.

— Oui ! deux aigrettes blanches, parmi les algues vertes, et deux feuilles de lotus.... Les plantes aqua-

1. 1585. (*N.d.T.*)

tiques sont représentées en deux ensembles, avec chacun une fleur épanouie. C'est vraiment une œuvre remarquable ! Monsieur Jukō l'ayant reçue du Shōgun Ashikaga, c'était assurément l'un des chefs-d'œuvre de la peinture chinoise ancienne. Toutefois, qu'elle permette d'appréhender l'essence du style sain et simple me désorientait beaucoup. J'ai revu cette œuvre, il n'y a pas très longtemps : la première fois depuis vingt ans. On m'avait appelé pour un conseil concernant le marouflage d'un rouleau, et je l'ai vue, dans le *tokonoma* de cette salle de thé... et c'est là que j'ai compris, pour la première fois, le sens des paroles de Monsieur Rikyū. Certes, le tableau est bon, mais le cœur du problème réside dans le marou-flage : cette simplicité, qui consiste à utiliser un même tissu pour le fond et les bandes....

« J'ai soudain failli gémir et j'ai pensé : "C'était donc de ce sobre marouflage que parlait Monsieur Rikyū ?" Cela ressemblait bien à Monsieur Jukō, d'avoir mis en valeur un tel habillage ; mais je trouve extraordinaire que Monsieur Rikyū ait perçu cela avec tant d'acuité ! Aucun doute, l'essence du style sain et simple est bien là, dans ce genre de choses...

« Une autre de ses particularités, c'est de ne m'avoir rien expliqué : il disait toujours de réfléchir par soi-même... Ces derniers temps, il m'arrive sou-vent de me trouver ainsi, face aux idées de Mon-sieur Rikyū ; et pas seulement pour cette peinture d'aigrettes... N'ai-je pas raison ? a repris Monsieur Oribe après un court silence.

— C'est bien cela. Moi-même, plus j'avance en âge et plus je suis pénétré des paroles de mon Maître ! De quelle façon avez-vous donc restauré ce tableau ? me suis-je enquis.

— On ne peut y toucher ! C'est quelque chose de tel que, effrayé, on n'ose avancer la main... On ne saurait y toucher, même à un petit bout ! Le seul endroit, à la rigueur, ce serait la cordelette... et encore, il doit être très difficile de se résoudre à la changer ! Enfin, sans doute vaut-il mieux ne rien modifier... »

Puis, reprenant son idée première : « Vous avez beaucoup de chance, Monsieur Honkakubō, d'avoir été employé auprès de Monsieur Rikyū : ses paroles doivent encore résonner dans votre cœur.

— Sur ce point, j'ai été chanceux ! Et vous, Monsieur Oribe, quand avez-vous commencé à le fréquenter ?

— Voyons ! En y réfléchissant, il me semble que c'est à l'époque de la bataille d'Odawara : j'étais au front, lui à Hakone, et nous n'avions que très peu d'occasions de nous voir ; pourtant j'ai l'impression étrange d'être resté tout le temps à ses côtés... »

« Sans doute », fus-je sur le point de répliquer, avant de ravaler mes mots au dernier moment. Je me souvins d'une chose que mon Maître m'avait dite à cette époque, au campement : « Monsieur Oribe se bat tout au long du jour ; après la bataille, il pratique la cérémonie du thé. Il ne s'agit pas de thé entre les batailles, mais plutôt de bataille entre les cérémonies ! Même en état de guerre, il m'envoie tous les trois jours, au moins, des nouvelles qui ne parlent ni d'exploits ni de hauts faits, mais de spatules et de vases... — C'est une correspondance assez bizarre, lui répondis-je. On ne peut qu'applaudir un attachement aussi forcené à la cérémonie du thé ! »

« A cette époque, après le siège d'Odawara, je lui ai rendu visite. Le saviez-vous ?

— Bien sûr.

— Nous sommes partis à cheval à Yuigahama, tous les deux. Il me laissait galoper en avant. En arrivant à la plage, il m'a demandé : "Eh bien, Monsieur Oribe ! Que pensez-vous du paysage de Shiohama ?" Ne comprenant pas le sens de sa question, je me tus.

Il reprit alors : "En admirant le va-et-vient des vagues sur cette plage, je me dis qu'il serait idéal de pouvoir disposer les cendres du brasero à l'image du dessin laissé par ces vagues." Ce genre de remarque était typique de Monsieur Rikyū : quoi qu'il fasse, il ne s'écartait jamais de la Voie du Thé.

— *Wabisuki-jōjū, chanoyu kanyō*[1].

— C'est de Monsieur Rikyū ?

— Oui ! Mais il ne me l'a jamais dit directement. Monsieur Tōyōbō, qui n'est plus à présent, me l'avait répété.

— *Wabisuki-jōjū, chanoyu kanyō* ! Tout Monsieur Rikyū tient dans ces mots-là. Je n'ai jamais discuté avec Monsieur Tōyōbō, mais j'ai eu l'occasion de le rencontrer à deux ou trois reprises, au palais de Juraku. Depuis combien de temps est-il...

— Treize ans, puisqu'il est mort au printemps de la troisième année de l'ère Keïchō[2].

— C'était l'amateur éclairé d'entre les amateurs éclairés Il n'y a personne pour prendre sa relève.

— Mais vous, Monsieur Oribe ? dis-je étourdiment.

— Personne ne songerait à m'appeler ainsi, répondit-il franchement. C'est Monsieur Sansaï qui a repris le flambeau ; je le vois de temps en temps, lors de ses séjours dans la capitale. J'ai voulu en profiter pour lui présenter Monsieur Enshū, mais il n'y a que difficilement consenti, car il se demandait comment quelqu'un de si jeune, n'ayant même pas fait la guerre, avait pu dessiner le jardin du palais de Nijōjō. C'était là la raison de ses réticences ! Monsieur Sansaï va bientôt avoir soixante ans mais il est aussi entêté qu'un vieillard ! Il y a un certain temps, quelqu'un prit rendez-vous pour aller voir les ustensiles de Monsieur Sansaï chez lui. Il paraît que, de

1. Voir pages 18-19.
2. 1598. *(N.d.T.)*

l'entrée à la salle du fond, le couloir était encombré d'objets militaires : armures, casques, lances et sabres... Comme l'invité s'enquérait des ustensiles, Monsieur Sansaï lui répondit que, pour un samouraï, il n'est d'ustensiles que ses armes ! Il est très contrarié de la disparition du thé de l'époque guerrière... »

Monsieur Oribe éclata de rire, avant de poursuivre :

« Mais quoi, en temps de paix, on fait une cérémonie du thé de temps de paix... on n'y peut pas grand-chose ! Et sans doute est-ce ce jeune Monsieur Enshū, dont je viens de parler, qui deviendra le Maître de ce thé-là.

— Quel âge a-t-il ?

— Environ trente-cinq ans. S'il était né un peu plus tôt, j'aurais aimé le présenter à Monsieur Rikyū... »

Bien que la conversation fût très intéressante, il commençait à se faire tard et je songeais à partir.

« Je vous l'ai sans doute déjà dit, reprit Monsieur Oribe, mais je continue d'être préoccupé par ce que purent bien être les dernières pensées de Monsieur Rikyū. Si seulement il avait demandé grâce, il aurait eu la vie sauve ! Mais il n'en a rien fait... Il ne pouvait pas ne pas le savoir ! Et pourtant, il n'a rien dit : peut-être a-t-il pensé qu'après lui la cérémonie du thé n'avait pas besoin de successeur ?

— Que sa manière devait s'éteindre avec lui ? Est-ce ce qu'il s'est dit ?

— ...

— Avait-il prévu que son style ne lui survivrait pas ?

— ...

— N'avait-il pas envie de mourir de sa belle mort ?

— ...

— A quoi pouvait-il penser ?

82

— Hum ! Ses pensées ? Si vous, Monsieur Oribe, n'en savez rien, comment un être tel que moi le pourrait-il, répondis-je, répétant les propos que je lui avais tenus dix-huit mois plus tôt. N'est-ce pas plutôt que mon Maître aura refusé de s'abuser ?

— De s'abuser ?

— Il était, je crois, dans l'incapacité de prendre une décision quelconque : plutôt que de demander grâce, n'était-il pas plus naturel de sa part de n'en rien faire ? S'il avait voulu vivre plus longtemps, il y aurait sûrement réussi. Rien de plus facile pour un homme tel que lui ! C'est ainsi que j'interprète sa mort. Je vous livre ici le fond de ma pensée, ce que je ressens confusément depuis vingt ans. Je suis certain qu'il y a une façon plus satisfaisante de l'exprimer, mais je n'en connais pas d'autre. »

Et, sentant l'insuffisance de mon argument, j'ajoutai :

« De l'amertume ? De la tristesse ? Non, il n'a rien ressenti de la sorte ! Il a plutôt choisi le suicide sans hésitation, comme lorsqu'il donnait des noms aux ustensiles du thé, pensant que tout était bien ainsi...

— Tout de même, j'ai du mal à trouver cela raisonnable ! Se donner la mort parce qu'on le lui avait ordonné...

— Peut-être bien que, dans son cas, les deux solutions se valaient : vivre s'il le pouvait ou se tuer s'il en recevait l'ordre... Je finis par ne plus savoir ce que je raconte, à vous parler ainsi !

— ...

— Depuis vingt ans, je converse chaque jour avec Maître Rikyū. Eh bien, pas une seule fois il ne m'a montré un visage amer ou triste ! Simplement parfois un peu mélancolique ; mais cette expression-là, il l'avait déjà de temps à autre, de son vivant.

— Ah ! je vous suis bien reconnaissant ! Cela n'explique pas tout, mais je suis certain, moi aussi, qu'il aurait pu vivre s'il l'avait désiré. Il avait ce choix : il aura probablement pensé qu'il valait mieux mourir que vivre... Sans doute est-il arrivé à cette conclusion très naturellement, sans effort. Pourtant, je ne comprends pas ce qui a pu l'amener à une telle décision. Car il y a forcément eu quelque chose ! Vous avez sans aucun doute bien pénétré le cœur de Monsieur Rikyū : personne ne peut rivaliser avec vous qui conversez chaque jour avec lui depuis vingt ans. »

Nous savourâmes un dernier thé. Puis je me retirai. Cette fois encore, Monsieur Oribe me raccompagna jusqu'au portail du jardin.

Monsieur O. F. — troisième partie.

Je suis allé à Kyōto, pour la première fois depuis six mois. Nous sommes à la toute fin de l'année, le 28 décembre de la dix-neuvième année de l'ère Keïchō[1]. J'ai remis les pieds dans la capitale pour assister au troisième anniversaire de la mort du patron d'une des filiales de Daïtokuya. Cette cérémonie aurait dû avoir lieu en octobre, mais elle a été retardée à cause de la guerre.

La situation, cet automne, n'a permis pratiquement aucune cérémonie religieuse. Rappelons que Monsieur Harube Ishida fut vaincu à la bataille de Sekigahara, la cinquième année de l'ère Keïchō[2], il y a quatorze ans de cela, et nous espérions bien ne plus connaître de ces guerres atroces sous le règne des Tokugawa... mais ce rêve a été brisé ! La rumeur d'une bataille entre Osaka et Edo a atteint Shūgakuin, où j'habite, en début d'année. Je n'y ai pas cru,

1. 1614. *(N.d.T.)*
2. 1600. *(N.d.T.)*

mais elle s'est avérée fondée. Tout s'est passé très vite : début novembre, j'ai appris que l'armée des Tokugawa assiégeait le château d'Osaka, puis récemment, début décembre, j'ai appris aussi avec soulagement la nouvelle de la paix.

Au contraire de ce que j'avais imaginé, Kyōto était calme. Je m'étais représenté la ville investie par les soldats et les chevaux ; c'est d'ailleurs ce que l'on m'avait raconté. Mais la réalité était tout autre, et j'ai trouvé Kyōto calme, glacée de froid, comme chaque année. J'ai eu l'impression que l'autorité du Shōgun Tokugawa était bien établie ; la guerre avait commencé brutalement et s'était tout aussi vite terminée par la paix. Comme si tout s'était passé avec aisance, de façon unilatérale...

A la cérémonie, un habitant de Kyōto m'a rapporté une rumeur étonnante au sujet de Monsieur Oribe. Une surprise de taille. Monsieur Oribe serait rentré chez lui, à Fushimi, depuis quelques jours, après avoir été blessé sans gloire le mois dernier, au moment du siège du château d'Osaka.

Il aurait visité une position alliée, probablement celle de Monsieur Satake, et serait allé chercher un morceau de bambou derrière les boucliers, avec l'idée d'en faire une bonne spatule ! En pleine bataille ! Il aurait alors reçu une balle, tirée de l'intérieur du château.

Je crois effectivement qu'il est blessé, mais j'ignore la vérité sur cette affaire, puisque la personne qui me l'a racontée la tenait elle-même de quelqu'un d'autre. En tout cas, cette histoire peu glorieuse semble s'être répandue dans la ville. En l'écoutant, j'ai eu devant moi l'image de Monsieur Oribe, triant les bambous pour sa spatule. Une image d'une étonnante vivacité : une petite spatule est sans doute plus importante qu'une bataille à ses yeux ! Cela fait trois ans déjà que je ne l'ai pas revu. Il doit avoir plus de soixante ans. Malgré mon envie d'aller chez lui, à Fushimi, le réconforter, les circonstances ne me l'ont pas permis.

Je suis rentré chez moi le soir. Cette nuit-là, je tins une première conversation avec Monsieur Oribe. Il s'agissait d'un monologue, mais je pouvais voir son visage et entendre sa voix, comme s'il était là :

« Vous n'auriez pas dû vous rendre dans un lieu tel que ce champ à votre âge.

— Impossible de prendre mon âge pour prétexte... En tout cas, c'est raté pour cette fois ! »

Un éclat de rire insouciant suivit ces paroles. Je m'en rendis soudain compte : ce rire sonnait un peu creux aussi.

« De toute façon, nous avons de la chance de vous avoir dans le camp des Tokugawa !

— Ça, c'est parce que je suis le Maître de thé du clan Tokugawa.

— Justement, vous avez tendance à l'oublier...

— Oui ! c'est vrai ! j'ai cette tendance...

— En tout cas, ne vous mêlez plus aux batailles, s'il vous plaît.

— Ah ! mais si ! Je ne suis pas si vieux ! J'ai passé ma jeunesse de bataille en bataille. Je n'arrive même pas à évaluer le nombre de combats dans lesquels je me suis lancé avec mon cheval !

— Oui, je sais, mais...

— Bien se battre de temps à autre, vaut mieux que pratiquer la cérémonie du thé à longueur de journée. Peu m'importe d'être du côté du vainqueur ou du vaincu. Mais je ne me trouverai jamais du côté du vaincu : j'exerce mon flair tous les jours en pratiquant la Voie du Thé ! Laissez-moi dormir, s'il vous plaît, ajouta-t-il ensuite. Ma blessure est légère mais elle me fait un peu souffrir. »

Je n'entendis plus sa voix, mais il me sembla que son rire continuait de résonner autour de moi. Ce n'est pas la première fois ce soir, mais il m'a donné l'impression de renoncer à la vie et de cacher ce renoncement derrière la gloire d'un nom célèbre.

C'est cette image de Monsieur Oribe, qui s'est installée naturellement dans mon cœur, après trois ans d'absence. Un visage qui semble toujours vouloir dire : « Il y aurait beaucoup à faire si Monsieur Rikyū était là ; mais il a disparu. Et il n'y a plus rien. »

Quatrième chapitre

Le 28 octobre — beau temps
Note : troisième année de l'ère Genna,
26 novembre du calendrier solaire[1].

J'arrivai à midi à Daïtokuya et partis après le déjeuner avec le patron, pour le temple Kenninji. Nous partîmes en avance afin de ne pas être en retard à notre rendez-vous avec Monsieur Uraku Oda, dans le pavillon des personnages importants du temple. Monsieur Uraku Oda a l'intention de restaurer un pavillon inhabité et délabré et de construire sa maison de retraite dans le jardin du pavillon restauré. Les gens de Kenninji paraissaient d'accord. Il avait demandé au patron de Daïtokuya de venir avec lui inspecter le terrain en question. Ce dernier m'ayant ensuite invité aussi, j'eus l'honneur de les accompagner.

Je ne sais quelles sont leurs relations, mais il semblerait que Monsieur Uraku s'adresse régulièrement au patron de Daïtokuya, qui, ces derniers temps, ne parle que de lui : Monsieur Uraku par-ci... Monsieur Uraku par-là...

Il m'avait invité de nombreuses fois déjà à rendre

1. 1617. *(N.d.T.)*

visite à Monsieur Uraku dans sa résidence de la deuxième avenue, mais bien que je lui fusse très reconnaissant de son obligeance, je n'avais pas eu le cœur d'y aller. Depuis qu'en juin de la vingtième année de Keïchō[1], Monsieur Oribe avait reçu l'ordre incroyable de se donner la mort pour une mystérieuse raison, je pensais qu'il n'y avait plus personne en ce monde que je dusse absolument rencontrer, et je vivais au jour le jour.

Je me souviens que, ne serait-ce qu'en écrivant mon journal, j'étais assailli par une mélancolie indicible en pensant à Monsieur Oribe : pourquoi un homme pareil avait-il connu une telle fin ? En exceptant nos précédentes rencontres en des temps plus lointains, je ne l'avais revu que deux fois, les quinzième et seizième années de Keïchō[2], mais je connaissais son cœur dans ses moindres détails ! Comment pourrait-il en être autrement ? Monsieur Oribe avait fini par se retrouver seul, été comme hiver. C'était arrivé peu à peu, après la mort de Maître Rikyū : le thé simple existait parce que mon Maître existait, mais après sa disparition, qu'en était-il ? Il se disait sans doute que seuls mon Maître et lui-même pouvaient comprendre ce thé, et qu'après la mort de mon Maître personne ne le pouvait plus. Je me demande même s'il ne s'était pas disputé avec Monsieur Sansaï à ce sujet. C'est pourquoi je pense qu'il prenait très au sérieux ses activités de Grand Maître de thé et Maître de thé attitré de la famille shōgunale. Je suis certain qu'à part les moments où il pratiquait le thé pour lui-même, pendant lesquels il se considérait alors véritablement comme un homme de thé, le reste lui importait peu. J'aurais aimé pouvoir le voir, dans ces moments où il était

1. 1615. *(N.d.T.)*
2. 1609 et 1610. *(N.d.T.)*

seul... Avec son visage fermé, son corps tout entier figé dans une attitude austère, il devait être terriblement intimidant pour les autres.

Pourquoi Monsieur Oribe, Maître de thé attitré de la famille du Shōgun, aurait-il entretenu des relations secrètes avec le clan d'Osaka ? Même si, au plus fort de la bataille, il était effectivement parti chercher un morceau de bambou pour en faire une spatule, on ne pouvait sûrement pas l'accuser de comploter contre le Shōgun.

Ce fut pourtant pour ce motif qu'il reçut l'ordre de se donner la mort, ce qu'il fit dans sa résidence de Fushimi. Certes, il était l'obligé du Taïkō Hideyoshi, mais si cela avait été un trop lourd fardeau, il n'aurait pas accepté de devenir le Grand Maître de thé de Ieyasu, après la mort de son suzerain !

Depuis la disparition de mon Maître, j'avais beau parfaitement savoir à quel point rumeurs et commérages sont insupportables ; en entendant encore tous ces bruits sur Monsieur Oribe, je me sentais déchiré par une colère nouvelle.

Monsieur Oribe, raconte-t-on, ne se serait même pas défendu : je ne sais si cela est exact, mais si c'est le cas, comment expliquer cette attitude ? Lui, qui avait tellement de mal à admettre que Maître Rikyū n'ait pas demandé grâce, il aurait pourtant eu le même comportement...

Je l'entends encore me dire : « Je voudrais simplement savoir une chose, la plus importante, mais que précisément je ne saisis pas : pourquoi n'a-t-il pas demandé grâce ? » Ou encore : « A-t-il pensé qu'il valait mieux que son thé disparaisse avec lui ? Ou bien avait-il prévu que son thé ne lui survivrait pas ? N'avait-il pas envie de vivre sa vie jusqu'au bout ? Pourquoi n'a-t-il rien demandé ? C'est cet état d'esprit-là que je voudrais comprendre ! »

Ces questions, j'ai moi-même, Honkakubō, l'envie

de les répéter, mot pour mot, en remplaçant le nom de mon Maître par celui de Monsieur Oribe...

Mais laissons cela et voyons plutôt ce que j'ai pensé de Monsieur Uraku Oda : ce dernier s'était posé en successeur de Monsieur Oribe au titre de Meilleur Maître de thé dans le monde. Ne le connaissant que par ouï-dire, j'ignorais si sa prétention était fondée, mais cela ne me plaisait pas beaucoup. Même si je ne me sens aucun devoir particulier envers Monsieur Oribe, il n'est sûrement pas étrange non plus que je préfère ne pas rencontrer ce genre de personnage.

Si j'ai accepté cette invitation du patron de Daïtokuya à aller inspecter le site envisagé pour la maison de retraite de Monsieur Uraku, c'est que j'ai compris que je ne pouvais plus refuser :

« Rencontrez-le au moins une fois : il était lui aussi très proche de Monsieur Oribe et affirme que ce dernier est mort pour Monsieur Rikyū ! »

A ces mots, j'eus l'impression que tout s'éclaircissait pour moi : s'il en était ainsi, je devais voir cet homme ! Le sens de « mort pour Monsieur Rikyū », m'échappait un peu, mais c'étaient les premières paroles que j'entendais à propos de Monsieur Oribe, et j'y percevais une certaine affection.

Dès qu'on parlait de Monsieur Oribe, le terme « conspiration » revenait inlassablement. Cela me faisait frissonner de dégoût. De quelque façon qu'on y songe, il était totalement étranger à une quelconque conspiration ! Je ne pouvais cependant rien faire d'autre que ravaler mon indignation et me taire : je ne pouvais le défendre, lui qui avait fini par recevoir l'ordre de se donner la mort... Qu'entendait exactement Monsieur Uraku en disant que Monsieur Oribe était mort pour Maître Rikyū ? Si vraiment il avait tenu de tels propos, je voulais le rencontrer sans plus tarder !

Ce n'était cependant pas la première fois que je le voyais, car je l'avais déjà aperçu environ trois fois, de loin, du vivant de Maître Rikyū : la dernière année que vécut mon Maître, au printemps de la dix-huitième année de Tenshō[1] et au début de l'année suivante, il était venu en effet trois fois au palais de Juraku. La première pour une cérémonie du thé de midi dont les deux invités étaient le Taïkō Hideyoshi et lui-même ; la deuxième, pour une cérémonie du matin en compagnie de Monsieur Kenmotsu Shibayama ; la troisième, pour une cérémonie du soir avec une autre personne. Comme j'aidais toujours en coulisses, j'avais pu l'apercevoir de loin. Déjà, à l'époque, j'avais entendu dire que c'était un amateur éclairé ; et, en sa qualité de frère de Nobunaga Oda et, par là-même, suzerain du Taïkō Hideyoshi, ce n'était pas le genre de personnage qu'un individu tel que moi pouvait facilement approcher !

Plus de vingt ans ont passé depuis cette époque. Je ne saurais dire ce qu'a fait Monsieur Uraku dans l'intervalle, mais j'ai entendu rumeurs et commérages. Retiré du monde après le décès de Nobunaga, au moment où le pouvoir échut au Taïkō Hideyoshi, il prit le nom d'Uraku Joan ; lorsque, après la mort du Taïkō Hideyoshi, le pouvoir passa aux mains du clan Ieyasu, il partit au front, pour la bataille de Sekigahara, aux côtés des Tokugawa. Il resta à Osaka, où il assista le clan Hideyori durant le siège d'hiver, en qualité de général en chef pour le clan d'Osaka mais, avant que le siège d'été ne débute, partit pour la capitale d'où il observa la chute du château d'Osaka et la fin du clan des Tōyōtomi. En ce qui concerne le thé, il l'apprit de Maître Rikyū, mais il se fit connaître comme expert plus tôt que Monsieur Oribe. On peut dire que c'est un homme indépendant, un homme

---

1. 1590-1591. *(N.d.T.)*

qui a appris à survivre dans une période troublée. Peut-être est-ce la fierté d'être issu d'une famille aussi noble qui a déterminé son attitude face à la vie ?

Voilà le genre de commentaires que l'on entend dans le monde... Mais, quelles que soient les rumeurs colportées sur son compte, une part de mystère demeure.

J'entrai dans le périmètre du temple Kenninji après avoir traversé le pont Gojo. Je m'aventure rarement dans ce coin où la vaste rive de la Kamogawa succède aux champs de thé. Je pris un chemin entre la rive et les champs, sous un doux soleil de fin d'automne.

Je pénétrai par la porte ouest dans l'immense enceinte du temple, où il n'y avait pratiquement personne. On a du mal à s'imaginer à quoi ce temple ressemblait en des temps plus glorieux, avec ses trois bâtiments principaux entourés par le cloître, le dortoir à l'ouest et le pavillon des personnages importants au nord ! Il fut sinistré à plusieurs reprises, mais ce fut l'incendie du mois de novembre de la vingt et unième année de l'ère Tenmon[1], provoqué par les troupes de Harumoto Hosokawa, qui fit le plus de ravages : le pavillon principal, la salle de conférences, le pavillon des bouddhas, la porte principale, la pagode et la résidence partirent en fumée. Il n'en reste plus aujourd'hui que des ruines. Avec sa salle de conférences et son pavillon des personnages importants, transférés d'autres temples, et quelques pagodes récemment reconstruites, le célèbre temple zen de Kenninji de Higashiyama a bien du mal à conserver sa réputation.

A notre arrivée devant le mur intérieur qui

---

1. 1552. *(N.d.T.)*

encercle la cuisine et le pavillon des personnages importants, le patron de Daïtokuya entra seul dans la cuisine.

« Il paraît que Monsieur Uraku est à la pagode Shōden-in, fit-il quand il reparut. Quelqu'un va venir pour nous y accompagner. »

Un jeune bonze surgit aussitôt. Nous le suivîmes et traversâmes un vaste terrain qui débouchait sur un ensemble de quelques pagodes au milieu de beaucoup d'arbres et d'une abondance de feuilles mortes. Faute d'un sentier digne de ce nom, nous nous frayâmes un chemin à travers les feuilles mortes. Il y avait des bâtiments récemment reconstruits, d'autres dévastés et inhabités, et d'autres encore, dont il ne restait que des ruines, recouvertes par les buissons et les mauvaises herbes, devenus des champs d'armoise...

Nous nous arrêtâmes devant un temple rasé :

« Vous voici à Shōden-in », dit notre guide.

Je compris que c'était là le terrain destiné à l'ermitage de Monsieur Uraku. Nous passâmes derrière le bâtiment principal, complètement ravagé : un immense terrain vague envahi d'herbes folles s'étendait devant nous. Trois hommes se tenaient debout au coin nord :

« Il est là. »

Le patron de Daïtokuya s'avança et je le suivis à quelques pas de distance. Il se dirigea vers les trois hommes et s'entretint avec eux, puis, au bout d'un moment, tourna la tête vers moi et me fit signe de les rejoindre. Je m'exécutai et me présentai devant Monsieur Uraku :

« Je me nomme Honkakubō, dis-je en m'inclinant.

— Ah ! Merci », se contenta-t-il de répliquer.

Il avait l'air d'un samouraï : toujours en alerte. Un air qu'on ne trouve ni chez l'homme de thé, ni chez le moine. C'était un homme de grande taille, avec de larges épaules solides. D'ailleurs, tout en lui exprimait la vigueur.

Je m'écartai un peu par discrétion. Il y avait là Monsieur Uraku, le patron de Daïtokuya, un moine assez âgé et un homme de Kyōto. Ils s'avancèrent, s'arrêtèrent à un endroit, rapprochèrent leurs têtes et repartirent plus loin encore. Ils discutaient sans doute de l'emplacement des salles de thé, d'étude et de cuisine dans cette vaste arrière-cour. L'endroit me paraissait terriblement dévasté : peut-être était-ce à cause de ce pavillon abandonné, déjà bien assez grand en soi pour une maison de retraite. Si Monsieur Uraku décidait d'y construire son ermitage, il aurait intérêt à le restaurer. Je découvris un puits dans un coin, fraîchement creusé, probablement pour ce projet.

Le patron de Daïtokuya revint :

« Accompagnez Monsieur Uraku au pavillon des personnages importants pour bavarder avec lui, si vous le voulez bien. Je dois me rendre dans une autre pagode pour discuter avec les gens du temple. Je vous rejoindrai plus tard. »

A peine sa phrase achevée, il tourna les talons, me laissant l'impression d'avoir reçu un ordre... Il s'éloigna avec les deux autres : il ne resta plus que moi et Monsieur Uraku. Ce dernier allait et venait dans les buissons. Après un moment, je lui demandai :

« Je vous accompagne au pavillon ?

— S'il vous plaît. »

Et sans attendre, il partit. Je le suivis à quelque distance. J'avais entendu dire qu'il avait environ soixante-dix ans, c'est-à-dire plusieurs années de plus que moi... mais il marchait d'un pas très vif. Il y avait une certaine distance jusqu'au pavillon, qu'il parcourut à une allure régulière, sans s'arrêter ni se retourner. Ce n'était donc pas la peine que je m'inquiète pour lui.

A l'entrée du pavillon, il suivit un moine qui le guida, sans se retourner vers moi, sans un mot. J'étais, littéralement, complètement désemparé. Je ne pouvais qu'attendre sur le seuil. Après un moment, le moine revint et me dit :

« Il m'a demandé de venir vous chercher. »

Cela prouvait au moins qu'il ne m'avait pas oublié... J'allai au fond du bâtiment, dans une salle où Monsieur Uraku se reposait et attendis près de l'entrée.

« J'ai entendu parler de vous par Monsieur Oribe. En bien. »

C'était la première fois qu'il m'adressait vraiment la parole.

« Je vous suis très reconnaissant. Mis à part l'époque où Maître Rikyū vivait, je n'ai eu l'honneur de rencontrer Monsieur Oribe que deux fois seulement, il y a quelques années, mais il m'a raconté beaucoup de choses. Toutefois, aujourd'hui, tout cela ressemble à un rêve, pour moi...

— J'imagine que vous avez dû être découragé, après sa mort. »

Deux bonzes apportèrent deux bols de thé, qu'ils disposèrent devant nous.

« Permettez-moi de partager la joie de boire un thé ensemble », dis-je après que Monsieur Uraku eut pris le sien ; puis je bus une gorgée.

« Que pensez-vous de l'arrière-cour de Shōden-in, que vous avez vue tout à l'heure ?

— Je suppose que vous pourrez y construire une très belle demeure, très calme. Toutefois, n'est-ce pas un peu triste ?

— C'est un ermitage : il vaut mieux que ce soit un peu mélancolique... Monsieur Oribe n'y aurait pas vécu, lui.

— Vous avez raison. Mais il se trouve à présent dans un endroit plus triste encore.

— C'est vrai ! Cela vous afflige-t-il, vous aussi ?

— Vous êtes trop bon de vous en enquérir. L'affaire de Monsieur Oribe m'a surpris : qui aurait pu imaginer, prévoir cela ?

— Quelqu'un, m'a-t-on assuré récemment, avait prédit qu'il connaîtrait une fin brutale. On m'a raconté, par exemple, qu'il avait volontairement déchiré un rouleau qu'il trouvait exécrable, ou encore qu'il avait cassé des bols et des pots de thé avant de les faire réparer, cela afin de leur donner un air plus intéressant... On critiquait ce comportement en affirmant que, coupable d'avoir endommagé le patrimoine national, Monsieur Oribe ne mourrait pas de mort naturelle.

— Est-ce possible ? Je n'en sais rien, mais...

— Ne vous inquiétez pas ! Si on n'y prend garde, on peut dire tout et n'importe quoi ! On a toujours raconté ce genre de choses sur les gens de thé, à un moment ou à un autre... Toutefois, j'avais moi-même prévu, pour une tout autre raison, la disparition de Monsieur Oribe. Simplement, je ne l'ai pas formulé.

— ...

— Il recherchait la mort.

— ...

— Chaque fois que je le voyais, je me disais que cet homme-là recherchait la mort.

— ...

— Vous n'êtes pas de cet avis ? »

Je ne pus rien lui répondre. Pris d'un léger tremblement de la main droite, je m'appuyai contre la véranda, me courbai et fermai les yeux.

« Mais tous les hommes sont ainsi lorsque quelque chose les obsède, reprit Monsieur Uraku. Bien après la mort de Monsieur Rikyū, voyons, disons vingt-quatre ou vingt-cinq ans après, il a enfin trouvé l'occasion qu'il souhaitait : pourquoi ne pas la saisir ? Et une occasion inespérée, de surcroît, puisqu'elle se présenta sous la même forme que pour Monsieur Rikyū.

— ...

— Il n'a pas subi un châtiment : il s'est sacrifié à Monsieur Rikyū. Bien ! arrêtons-là le propos. Ce n'est pas un sujet dont je puis parler à la légère. Et je ne sais même pas si c'est là la vérité. Je ne fais que donner mon impression. Vous-même, qu'en pensez-vous ?

— Pour moi, je ne sais rien de ces choses. Je m'attriste seulement de la fin qu'il a connue et de ce qu'on raconte partout que c'était un rebelle...

— Un rebelle ? Très difficile à dire : il n'y a que lui qui pourrait répondre à cela. Peut-être lui-même n'en savait-il rien, mais il est possible qu'il y ait eu des factieux dans son entourage. Quoi qu'il en soit, s'il l'ignorait, il aurait pu vigoureusement se défendre, ce qu'il ne fit pas.

— Pourquoi ?

— Cela l'ennuyait, sans doute. Quand on pratique le thé sérieusement, ces choses-là deviennent fastidieuses ! Mieux encore : il avait l'occasion unique d'imiter Monsieur Rikyū, qui mourut sans demander grâce. N'est-ce pas ce qu'il aura pensé ? C'est cela même son sacrifice. »

Je ne pourrais l'affirmer, mais il n'y avait apparemment rien dans les paroles de Monsieur Uraku qui pût porter ombrage à Monsieur Oribe.

« Ce fut sans doute pénible...

— Je ne crois pas.

— Mais ce fut l'extinction de sa famille !

— Dans des époques aussi troublées, mieux vaut qu'une famille s'éteigne. Cela libère ! Les familles comme la mienne, les Oda ou d'autres, nous avons laissé passer l'occasion ! Et celles qui restent ont des ennuis : c'est difficile pour moi, tout comme ce le sera pour mes fils. En comparaison, le sort de gens comme Monsieur Sansaï... Vous le connaissez ?

— Du temps de Maître Rikyū, il m'adressa plusieurs fois la parole, mais cela remonte à bien longtemps.

— Lui et d'autres étaient d'un avis différent sur la famille : il ne considérait pas sa famille comme liée aux clans Oda, ni Tōyōtomi... Je crois qu'en fait il ne se reconnaissait de liens qu'avec le clan Hosokawa, liens qui remontaient à Yūsaï. Il ne s'intéressait pas vraiment à la disparition de ces familles. Bien entendu, cette opinion n'engage que moi : je n'en ai d'ailleurs jamais fait part à Monsieur Sansaï... Et Sōji Yamanoue, vous le connaissiez ?

— Je ne l'ai jamais rencontré. J'ai seulement recopié son "Livre secret du Thé", que m'avait prêté son disciple, Monsieur Kōsetsusaï. Je l'ai encore avec moi.

— Monsieur Kōsetsusaï aussi, est décédé...

— Cela fait déjà huit ans.

— Et vingt-sept ans, déjà, depuis la disparition de Sōji... Je ne sais comment il s'est ouvert le ventre, mais quiconque fut témoin de son geste ne dut pas non plus se sentir très à l'aise sous ce regard fou.

— Alors il s'est vraiment donné la mort ?

— Mais oui.

— Monsieur Kōsetsusaï pensait qu'il s'était échappé.

— Sōji Yamanoue n'a pas fui. Il n'était pas si habile. Il sera sorti tranquillement du château d'Odawara et aura à coup sûr provoqué le Taïkō Hideyoshi par des paroles qui auront signé son arrêt de mort ! »

Puis, après avoir réfléchi, il ajouta :

« Sōji, Monsieur Rikyū et Monsieur Oribe se sont tous trois donné la mort. Être un homme de thé est bien embarrassant : ils se suicident tous dès qu'ils atteignent un certain niveau... Comme s'il fallait absolument se donner la mort pour devenir un homme de thé ! Mais, à présent, je n'en vois plus aucun susceptible de le faire. N'est-ce pas ? Vous voyez quelqu'un ? Ne vous inquiétez pas : moi, je ne me tuerai pas ! Il n'est nul besoin de s'ouvrir le ventre pour être un homme de thé ! »

J'avais laissé passer l'occasion de répondre et je ne pouvais plus intervenir : il ne me restait plus qu'à me taire.

« Rendez-moi visite, un de ces jours, dans ma salle de thé. Vous n'avez sans doute plus guère d'endroit où aller : je vous montrerai mes calligraphies.

— Je n'y connais rien mais si vous me permettez de les admirer, c'est avec joie que je viendrai. Comme vous venez de le dire, je n'ai nul endroit où me rendre. Mais peu importe. J'ai entendu dire que l'on revient au pur style de Maître Rikyū, au style traditionnel de la cérémonie du thé, ces derniers temps. Est-ce vrai ?

— C'est possible. Mais même si l'on dit "style traditionnel", c'est un style un peu plus ancien encore que celui de Monsieur Rikyū. A cette époque-là, il n'était peut-être pas nécessaire de se faire hara-kiri ! »

Et il partit d'un grand éclat de rire. C'était la première fois que j'entendais son rire : il riait d'une voix éraillée, mais son visage restait indifférent. C'est à ce moment que le patron de Daïtokuya entra :

« Je suis désolé de vous avoir fait attendre. J'ai amené les moines des temples Fukō et Teïkeï. Que souhaitez-vous ?

— Faites-les entrer. »

J'en profitai pour le saluer et me retirer.

Je suis revenu chez moi à cinq heures trente. Les

jours ont sensiblement raccourci, ces temps-ci : la nuit était déjà presque tombée.

J'ai fait de la lumière, allumé un feu et je reste sans bouger, assis près du foyer. Je ne me suis pas senti aussi épuisé depuis longtemps. C'est la fatigue de ma visite à Monsieur Uraku. Je crois bien n'avoir jamais rencontré personne comme lui. On ne sait jamais à quoi s'en tenir : si on approuve ce qu'il dit, cela finit par se retourner contre vous à un moment ou à un autre. Par contre, si on est troublé par ses paroles surprenantes, elles finissent par apparaître comme évidentes un peu plus tard.

Difficile de décider s'il a loué ou dénigré Monsieur Oribe. Il en va de même en ce qui concerne mon Maître. Est-il de son côté, ou non ? On peut penser qu'il est leur partisan, mais on peut aussi bien penser le contraire. Ce qui me préoccupe le plus, c'est ce grand rire qu'il a eu, à la fin : de quoi pouvait-il bien rire ?

Après un dîner tardif, je suis à nouveau assis près du foyer. Je ne peux cesser de penser à ce que m'a dit Monsieur Uraku : « Il n'a pas été condamné à mort ; il s'est sacrifié », a-t-il déclaré au sujet du suicide de Monsieur Oribe. Il est bien possible qu'il ait raison.

Mais laissons cela de côté.

Lorsqu'il affirme : « Sōji, Monsieur Rikyū et Monsieur Oribe se sont tous trois donné la mort. Tous les hommes de thé se suicident. Mais pas moi ! Non, moi, je ne me tuerai pas ! » Quel sens donner à ses paroles ? Est-ce un hommage à ceux qui se sont donné la mort, ou est-ce une critique ?

J'ai quitté le côté du foyer et j'ai allumé une chandelle sur l'autel où sont disposés un bol noir reçu de mon Maître, une serviette pour ustensiles de Monsieur Oribe qu'un habitant de Kyōto m'a donnée après son suicide, et à côté, une copie des « Ecrits de Sōji Yamanoue ».

Aujourd'hui, Monsieur Uraku m'a appris que Monsieur Sōji s'était donné la mort ; si cela est vrai, cela revient à dire que les trois hommes auxquels est consacré cet autel se sont tous fait hara-kiri.

Je suis retourné vers le foyer et me suis versé un bol de saké. N'étant pas grand amateur, je n'en apprécie pas bien le goût, mais petit à petit le vin finit par me calmer.

Je tente de communiquer avec mon Maître, mais aucune réponse ne vient. Et Monsieur Oribe ! Toujours pas de réponse... Monsieur Sōji ! Lui, c'est la première fois que je l'appelle, et là non plus, je n'obtiens aucun résultat. Si ces tentatives de dialogue échouent, c'est parce que je n'ai préparé aucune question.

La nuit est très avancée : je vais dans la chambre. J'aurais voulu garder la flamme allumée toute la nuit, afin d'apaiser l'esprit de mon Maître, car il est possible que certaines paroles prononcées aujourd'hui par Monsieur Uraku l'aient blessé. Ouvrant la cloison, je constate que la flamme s'est éteinte et que la pièce est plongée dans le noir.

Je retourne au foyer pour prendre un bougeoir et je reviens dans la pièce : mon ombre vacille immense sur la cloison, du côté de l'autel. Tout à coup, une nuit d'autrefois, dans la salle de thé de Myōkian, me revient en mémoire.

Je rallume la flamme de l'autel, m'assois devant et regarde autour de moi. Comme je tiens le bougeoir de la main gauche, le monstre géant se meut sur la cloison de droite. Cette nuit-là, à Myōkian, il y avait pourtant bien une calligraphie du mot « mort », dans le *tokonoma*, mais elle n'est pas ici, aujourd'hui. A la place, Maître Rikyū, qui était assis dans la salle et

Monsieur Sōji Yamanoue, qui portait le bougeoir, sont tous deux entrés dans la « mort ».

Dans cette salle de thé, il y avait à coup sûr, quelqu'un d'autre. Depuis lors, je n'ai jamais su qui c'était, mais à présent, c'est clair : il s'agissait de Monsieur Oribe. Ce ne pouvait être que lui ! Et puis, finalement, lui aussi est entré dans la calligraphie « mort », en troisième et dernière position.

J'ai ignoré pendant bien longtemps ce qui s'était passé dans cette salle ; mais aujourd'hui, je me demande comment j'ai pu ne pas comprendre une chose aussi évidente. Il est évident que ces trois hommes ont alors échangé un serment de mort ! Et ce serment s'est fait sans négociation, sans même prononcer un seul mot : chacun dans son cœur s'accordait tacitement avec les deux autres. Sans doute tout fut-il décidé à l'instant même où ces trois destins se croisèrent...

« Le néant n'anéantit rien, c'est la mort qui abolit tout. » C'est une des phrases qu'a prononcées Monsieur Sōji Yamanoue lors de cette cérémonie du thé, à Myōkian. Et chacun des participants a expérimenté ensuite personnellement, non pas le « néant », mais la « mort ». Mais qu'entend-on par « anéantir » ? qu'est-ce qui est anéanti ? Quelle est cette chose que seule la mort d'un homme de thé peut abolir ?

Monsieur Uraku m'a dit, aujourd'hui, que Monsieur Oribe recherchait la mort. Il a probablement raison... Respectant leur serment de Myōkian, mon Maître et Monsieur Sōji avaient déjà décidé de mourir. Monsieur Oribe s'est sans doute demandé pourquoi lui-même n'en avait pas trouvé l'occasion.

Monsieur Uraku a dit que Monsieur Oribe s'était sacrifié. Certes, sa mort était un sacrifice ; mais il serait plus exact de dire qu'il a ainsi exécuté un vieux serment, fait dans sa jeunesse, à Myōkian.

« Moi, je ne me tuerai pas ! On peut très bien être un homme de thé sans se donner la mort ! » a sèchement déclaré Monsieur Uraku. Mais il ne saurait en être autrement pour lui, puisqu'il n'a pas pu prendre part à ce serment. Il ne peut s'agir que de cela.

Couché à une heure du matin, je me suis réveillé à deux : une bise hivernale soufflait au-dehors ; les volets claquaient, ébranlant la maison. J'ai écouté le bruit du vent, et j'ai songé à ce que pouvait bien être cette chose que la mort abolit. A nouveau réveillé d'un sommeil léger, à quatre heures, je me suis reposé la même question. Puis sortant du lit, je suis allé dans le jardin encore plongé dans les ténèbres. Le vent était tombé. L'automne s'était-il achevé, cette nuit ? Il régnait une atmosphère d'hiver... Qu'est-ce qui disparaît dans la mort ? Et qui ne peut disparaître que par elle ? C'est une question trop lourde pour Honkakubō... Elle m'a tourmenté encore un bon moment.

Je me demande s'il ne vaut pas mieux retourner voir Monsieur Uraku : j'ai l'impression qu'il me donnera une réponse ; ou, tout au moins, son propre point de vue.

Le 30 août — beau temps
Note : quatrième année de l'ère Genna,
le 18 octobre du calendrier solaire[1].

La maison de retraite de Monsieur Uraku Oda, dans le pavillon de Shōden-in du temple Kenninji étant presque terminée, c'est aujourd'hui que je dois aller la visiter, en compagnie du patron de Daïtokuya.

Voilà onze mois que Monsieur Uraku m'a invité à

1. 1618. *(N.d.T.)*

aller voir le terrain envisagé à la fin de l'automne dernier.

Durant ces onze mois, il m'a convié par deux fois à me rendre sur le chantier : la première au début du printemps, et la deuxième en milieu d'été, pour voir plus particulièrement des roches et des arbres destinés au jardin. Il me semble que Monsieur Uraku a confié quelques travaux de jardinage au patron de Daïtokuya, qui doit donc travailler avec les paysagistes-jardiniers. Mais en ce qui me concerne, je ne suis que simple visiteur. Chaque fois, j'ai rencontré Monsieur Uraku, mais nous n'avons pas eu de conversation importante. Il était toujours très occupé et promenait sa haute silhouette en tous sens.

Parti de chez moi à midi, je suis passé prendre le patron de Daïtokuya à Teramachi, d'où nous avons gagné de concert Shōden-in. Il a fait très chaud cette année, mais ces deux ou trois derniers jours l'automne s'est bien établi. En cheminant sur les berges de la rivière Kamogawa, pour entrer comme d'habitude par la porte ouest, j'ai remarqué un endroit où des *lespedeza* en fleur bordent la route de chaque côté et je me suis dit que c'était un très beau jardin naturel. Un homme tel que Monsieur Uraku y est sans doute sensible, lui aussi.

Nous sommes arrivés devant Shōden-in, très transformé depuis ma dernière visite : plus aucune trace d'abandon. Nous avons emprunté le jardin en façade, soigneusement entretenu, et avons fait le tour du bâtiment principal. Le jardin arrière, envahi l'année précédente d'herbes folles et d'armoise, avait lui aussi complètement changé : son aspect plein de grâce donnait envie de le qualifier de jardin impérial. Au nord trois bâtiments avaient été construits : un pavillon d'étude, une cuisine et un pavillon pour la cérémonie du thé.

« Cela a beau être un lieu de retraite, voilà ce qu'on

se fait construire quand on s'appelle Monsieur Uraku ! » me dit le patron de Daïtokuya.

Il m'expliqua ensuite que la location de ce lieu s'élevait à quinze *koku* par an, versés aux temples Teïkeï et Fukō ; le contrat prévoyait qu'en échange les moines de ces temples s'occuperaient à tour de rôle de l'entretien de Shōden-in.

Nous fîmes d'abord un tour à l'extérieur. Même si quelques jardiniers y travaillaient encore, l'ensemble était pratiquement achevé. Le pavillon de thé ainsi que le jardin avaient été minutieusement conçus et fort bien réussis, encore qu'à mon humble avis l'ensemble eût un aspect un peu trop gai et clinquant ! Il fallait bien dire que cela n'avait plus rien à voir avec le thé sain et simple. J'aurais voulu montrer cet endroit à Maître Rikyū : qu'en aurait-il pensé ? En aurait-il fait l'éloge, contre toute attente, ou l'aurait-il rejeté d'un mot brusque ? Je ne sais...

Sur la grande plaque décorative partant de chaque côté du toit était écrit « Joan », le nom de la maison. Mon Maître n'aurait sans doute jamais accroché ce genre de chose : il n'aurait sûrement pas affiché son propre nom de cette manière... Toutefois, cela mis à part, l'ensemble était très réussi. Le pavillon de thé avait été véritablement construit à cet effet. Mais le problème, c'était ces pierres qui devaient servir de sentier : leur taille était trop imposante et leur nombre trop important. Si mon Maître avait... Enfin, mieux valait cesser d'y penser : Monsieur Uraku s'était donné tout ce mal pour construire ce lieu et je n'arrêtais pas de le critiquer.

Après mon tour à l'extérieur, je voulus visiter le pavillon de thé. A ce moment, le patron de Daïtokuya, qui avait disparu jusque-là, revint :

« Monsieur Uraku est dans le pavillon d'étude. Il nous invitera dans le pavillon de thé après le coucher du soleil ; il m'a chargé de vous demander de ne pas y pénétrer jusque-là. Il voudrait d'ailleurs que vous lui rendiez un service, en attendant : il a rapporté une montagne de rouleaux et autres ustensiles de son ancienne résidence et il serait heureux que vous l'aidiez à y mettre un peu d'ordre. »

Nous nous dirigeâmes sans plus attendre vers le pavillon d'étude ; je saluai Monsieur Uraku et nous commençâmes notre travail, qui consistait à prendre rouleaux et ustensiles entassés dans la véranda-anti-chambre pour les ranger dans le vestiaire.

Monsieur Uraku, très occupé comme toujours, avait, semble-t-il, à faire dans un pavillon voisin et partit avec un assistant.

Nous finîmes de classer les ustensiles en une heure tout en dînant dans ce désordre, avec les nombreux assistants. Dehors, il faisait à présent complètement nuit. Un messager vint alors nous avertir que nous devions nous rendre à la salle de thé. Accompagné par le patron de Daïtokuya, je m'y dirigeai et nous empruntâmes l'entrée de service.

Monsieur Uraku était assis à la place de l'hôte. La salle n'étant éclairée que par la lumière d'une bougie, je ne pouvais en distinguer les détails, mais j'eus l'impression que cette salle était différente de celles que j'avais fréquentées jusqu'ici. Après les salutations, nous pûmes jeter un coup d'œil alentour. Je n'avais jamais vu pareille salle de thé : il y avait deux tatami pour les invités et un pour l'hôte ; au-delà du tatami d'hôte, on avait dressé une cloison, percée d'une fenêtre en forme de flamme, devant le four. Je n'avais jamais rien vu de tel.

La voix de Monsieur Uraku retentit :

« J'aimerais que vous voyiez cette salle en plein jour. C'est une salle nue, sans calligraphie ni ustensile, aussi nous contenterons-nous de thé, en ce soir d'inauguration. Êtes-vous confortablement installés ?

« C'est une très belle salle, dit le patron de Daïtokuya.

— Je vous remercie de votre aide ; vous devez être
fatigués... On entend le chant des grillons. »

C'était vrai ; le chant d'innombrables grillons enva-
hissait la salle.

Nous prîmes le thé que Monsieur Uraku nous avait
préparé. Le foyer du brasero avait son ouverture du
côté opposé au maître de cérémonie ; le bol était en
porcelaine coréenne.

« Hier soir, j'ai invité des gens du temple — la cérémonie de ce soir est donc la deuxième. N'étant pas
encore installé, je n'ai rien, mais ce bol-là, je l'ai
apporté avec moi !

— Est-ce bien le précieux bol de porcelaine
coréenne dont j'ai tant entendu parler ? » dit le
patron de Daïtokuya en le prenant dans la main.

Il s'agissait en effet d'un magnifique objet de porcelaine coréenne.

« J'ai aussi quelque chose qu'on pourrait appeler
"un souvenir de Monsieur Oribe". »

Monsieur Uraku sortit alors une spatule qu'il me
tendit.

« C'est la spatule de Monsieur Oribe : assurément,
cela vaut bien qu'on se suicide ! »

Je regardai la spatule : elle était puissante, en
vérité ; il s'en dégageait une impression de force bien
supérieure à celles de Maître Rikyū. Son propriétaire
avait-il un caractère aussi ferme que cette spatule ?
J'eus le sentiment de me retrouver en face de Monsieur Oribe.

« Quand je serai mieux installé, j'aimerais que
vous veniez voir mes ustensiles. J'ai été tellement
occupé ces dernières années que je n'avais même
plus le temps de les contempler ; mais ici, je vais
pouvoir enfin m'y remettre ! Je vous appellerai tous
les deux à ce moment-là. J'aime les ustensiles,

ajouta-t-il, ils sont immuables : les gens de thé ont le cœur changeant, on ne peut pas leur faire très confiance. Les ustensiles valent mieux. Ils ne changent jamais. On peut se fier à eux. Encore que, continua-t-il après s'être arrêté un instant, cela dépend des gens à qui ils appartiennent, n'est-ce pas ? »

Ces dernières paroles étaient caractéristiques de Monsieur Uraku.

« Beaucoup d'ustensiles se désolent d'appartenir à un vaurien. Cette plainte-là est bien plus triste que celle des grillons... Parfois je les entends : "Sortez-moi de là. Sortez-moi de là !" Ces temps-ci, les ustensiles de Monsieur Oribe pleurent. Je perçois leur plainte : "Sortez-nous d'ici ! Sortez-nous d'ici !" Mais comment les délivrer... Je ne sais ce qu'il en est advenu. De son vivant, déjà, ils avaient été dispersés, alors que faire... Mais parler de Monsieur Oribe est douloureux ; changeons de sujet.

— Ce lieu est tranquille, n'est-ce pas ? » dis-je.

Au vrai, cette tranquillité pénétrait profondément le cœur. Dans la salle de thé de Myōkian aussi, les soirées d'automne étaient calmes, mais Myōkian était, avant tout, une salle de thé hivernale. La sérénité glacée de l'hiver lui convenait parfaitement. Ici, il s'agissait d'une salle de thé pour l'automne.

« Je désirais une salle avec cette tranquillité, et j'ai pu réaliser ce souhait. Tout le monde s'inquiète de savoir si je ne trouve pas cela triste, mais il n'en est rien.

— Au contraire, c'est parfait ! C'est la première fois que je me trouve dans une salle aussi calme.

— Je n'en doute pas. Rien à voir avec celle de Monsieur Rikyū au palais de Juraku !

— Peut-être qu'en fait mon Maître aimait ce genre de salle.

— Qui peut le savoir ? Mais, même s'il avait

apprécié ce style, il n'aurait pu y rester : il ne pouvait pas s'éloigner du Taïkō Hideyoshi. C'était gênant, d'ailleurs. Quand on en arrive là, cela n'est plus divertissant ! Mais, je le répète, il vaut mieux changer de sujet.

— C'est la première fois que je me trouve dans une salle de thé aussi grande.

— D'après ce que j'avais entendu dire, enchaîna alors le patron de Daïtokuya, je pensais qu'une salle de thé se devait d'être de petites dimensions, mais à présent que je suis installé dans cette salle spacieuse, je crois vraiment que c'est ce qui convient le mieux au thé. Je suis plein d'admiration pour ce que vous avez construit là !

— Qu'il existe de petites salles est une bonne chose, mais je voulais qu'on puisse se divertir paisiblement dans celle-ci. Dans une petite salle, cela finit toujours par être un combat ; et qui dit combat dit gagnant et perdant. On finit comme Monsieur Rikyū : on ne peut éviter d'attirer la mort.

— Pourquoi Monsieur Rikyū a-t-il attiré la mort ? » demanda le patron de Daïtokuya.

Même pour Monsieur Uraku, c'était une question embarrassante.

« Ah ! pourquoi a-t-il attiré la mort ? J'ignore la raison officielle mais je la crois assez simple : combien de fois le Taïkō Hideyoshi est-il entré dans la salle de thé de Monsieur Rikyū ? fit Monsieur Uraku en se tournant vers moi.

— Je ne sais pas vraiment... plusieurs dizaines, ou plusieurs centaines de fois ? Au moment de la bataille d'Odawara et à Hakone, il venait à peu près tous les jours.

— Le Taïkō a donc expérimenté plusieurs dizaines, ou plusieurs centaines de fois, une petite mort ; en entrant dans la salle de thé de Monsieur Rikyū, il était obligé d'abandonner son sabre, de boire le thé, d'admirer les bols... Chaque cérémonie du thé était une mise à mort. Il aura sûrement eu envie, au moins une fois dans sa vie, de faire connaître la mort à celui qui la lui avait fait goûter ! N'est-ce pas ? »

Je n'arrivai pas à distinguer la part de sincérité et la part de plaisanterie dans les propos de Monsieur Uraku. Le patron de Daïtokuya insista :

« Il aurait pu éviter tout cela s'il s'était excusé. Il y a eu une rumeur dans ce sens, à une époque.

— Ah bon ! se contenta de dire Monsieur Uraku sans autre réaction, avant de reprendre : Monsieur Rikyū avait assisté à la mort de nombreux samouraï. Combien d'entre eux sont partis pour la bataille où ils trouvèrent la mort, après avoir dégusté un thé préparé par Monsieur Rikyū ? Après avoir assisté à tant de morts non naturelles, c'était presque un devoir que de ne pas mourir dans son lit ! N'est-ce pas ? »

Il déclara ceci d'un ton neutre. Son expression nous engageait à souscrire à ses propos :

« Cependant, ajouta-t-il, Monsieur Rikyū était quelqu'un d'extraordinaire : quel que soit le nombre d'autres hommes de thé de par le monde, pas un seul ne peut lui être comparé. Il suivait sa propre route, en solitaire ; il préparait le thé, en solitaire. Il fit du thé autre chose qu'un divertissement. Mais il n'en fit pas une salle de zen ; il en fit un lieu de suicide. Bien, arrêtons-nous là. Quand je pense à Monsieur Rikyū, je ne peux plus dormir... »

A ces mots, je me sentis soulagé, comme si tout ce que je n'avais pas réussi à dire jusqu'à maintenant avait été dit. Monsieur Uraku était bien un partisan de mon Maître. Peut-être même était-il celui qui l'avait le mieux observé.

Nous dégustâmes un deuxième thé, avec un soin tout particulier.

Cinquième chapitre

« Voici qu'aujourd'hui, vous, Monsieur Sōtan, le petit-fils de Maître Rikyū, vous venez me voir dans ce lieu perdu : je vous suis très reconnaissant de la peine que vous prenez. Il y a environ deux semaines, je vous ai revu, après une vingtaine d'années, dans une salle de thé de construction récente. Sans bien savoir si je rêvais ou non, j'ai connu grâce à vous un très agréable après-midi. Vous m'avez demandé de vous parler des grandes cérémonies organisées par le Taïkō Hideyoshi, et qui restent tellement présentes à mon cœur. Et, depuis quinze jours, j'ai passé des heures à fouiller dans ma mémoire et à clarifier mes souvenirs, avec l'espoir de pouvoir un tant soit peu vous être utile. Mais tout cela est si loin ! Ce dont je pourrai vous parler vous donnera-t-il vraiment satisfaction ?

« Cela dit, je suis vraiment heureux d'avoir vécu ma longue vie jusqu'à aujourd'hui : je n'aurais jamais pensé, même en rêve, avoir l'occasion de vous revoir un jour, Monsieur Sōtan ! J'aurais pu essayer de savoir ce qu'étaient devenus les descendants de Maître Rikyū, mais je me suis appliqué à rester à l'écart. Pourtant, lorsque j'ai soudain entendu dire que vous aviez fait bâtir une salle de thé d'un tatami et demi à Kyōto, j'ai cru rêver tant fut grande ma surprise. Cette année, la cinquième de l'ère Genna[1], cela fait vingt-huit ans que Maître Rikyū n'est plus et, pendant ce temps, le style simple et sain, que l'on peut aussi qualifier d'âme de mon Maître, quoique de moins en moins pratiqué, n'a pas pour autant disparu : tapi dans l'ombre, embusqué, il a continué de se répandre, sans que personne sache d'où il partait. Et voilà qu'à présent, il resurgit soudain au grand jour ! Il y a de quoi être étonné !

« Nous étions en février, mois anniversaire de la mort de mon Maître, et c'est peut-être lui qui a provoqué cette rencontre, depuis l'autre monde.

« J'ai été heureux de vous revoir, après si longtemps. On m'a affirmé que vous aviez quatorze ans lors de cette affaire funeste qui fut sans aucun doute très difficile à vivre pour vous. Je vous avais cru plus jeune, mais à quatorze ans quelle tristesse vous avez dû ressentir !

« Pour ma part, après le drame, je suis resté durant plusieurs jours dans la résidence déserte, ne saluant plus personne comme je l'aurais dû. Je ne vous avais pas revu depuis lors.

« Fort agité intérieurement, aujourd'hui, je suis demeuré silencieux, mais lorsque je vous ai vu prendre place tranquillement, je me suis dit que j'étais heureux d'avoir vécu jusque-là. Pardonnez-moi une réflexion peut-être irrévérencieuse, mais vous ne faites pas vos quarante ans, vous semblez plus imposant ! Vous êtes déterminé à réaliser les aspirations de votre grand-père : c'est comme si un second souffle animait la cérémonie simple et saine de Maître Rikyū. Il y aura sans doute des moments difficiles. Je sais qu'il n'est pas aisé de vouloir perpétuer le style de Maître Rikyū. Cependant, comment le style authentique de mon Maître pourrait-il ne pas

---

1. 1619. *(N.d.T.)*

devenir un grand courant ? Je voudrais voir ce jour, mais puis-je l'espérer ? J'ai à présent les jambes et les reins bien faibles... et vous, Monsieur Sōtan, plein de sollicitude à mon égard, vous venez en personne me rendre visite.

« Pour en revenir à la raison de votre visite, je ne sais quel récit je pourrai vous faire. En tout cas, s'il s'agit de parler des cérémonies du Taïkō Hideyoshi, je devrais évidemment vous raconter ce que j'ai vu et entendu, tel quel, sans y ajouter mes propres impressions. Et cela n'est pas chose aisée, pour moi qui ne m'en suis jamais préoccupé jusqu'à présent. Après la mort de mon Maître, le Taïkō Hideyoshi est devenu un être spécial pour moi, un être que je détestais, sans que je puisse penser à lui autrement. Pas une seule fois, depuis le drame, je n'ai voulu l'évoquer dans mon esprit. A peine son souvenir affleurait-il à ma mémoire que je l'en chassais aussitôt.

« Je l'ai vu pénétrer dans la salle de thé à de nombreuses reprises, au palais de Juraku, ainsi qu'à Myōkian, et nous l'avons souvent accueilli à Hakone, lors de la bataille d'Odawara, mais je me suis efforcé d'oublier ce temps-là. Lorsque son souvenir menace de resurgir, je secoue la tête afin de le chasser de mon esprit. Voilà ce qu'est, pour moi, le Taïkō Hideyoshi !

« Cependant, depuis que vous m'avez demandé de vous parler de ses cérémonies du thé, j'ai, pour la première fois, révisé ma façon de penser à son égard. Je ne pouvais supporter certaines choses, mais, tant bien que mal, j'ai passé ces deux semaines à me dire qu'il me fallait oublier ma haine pour pouvoir vous raconter l'homme qu'était le Taïkō Hideyoshi. Si vous aviez besoin de le savoir, il fallait que je vous raconte tout, exactement, afin de vous être utile.

« Je n'ai eu que peu d'occasions d'assister aux cérémonies du Taïkō Hideyoshi. Peut-on d'ailleurs vraiment dire que j'y assistais ? A peine les observais-je de l'antichambre, à peine pouvais-je entendre les voix des invités et apercevoir leurs mouvements depuis l'entrée de service.

« Bien évidemment, la cérémonie qui m'a sans doute le plus marqué est celle du Thé Nouveau, le 10 octobre de la douzième année de l'ère Tenshō[1], dans la salle de thé du château d'Osaka.

« Cela se passait dans une grande salle qui devait faire cinquante tatami, où l'on avait installé neuf espaces pour la cérémonie, avec dans chacun un brasero, un chaudron et une cruche.

« Neuf Maîtres de thé, au nombre desquels comptaient Maître Rikyū, Messieurs Sōkyū et Sōkiu, et dont l'ordre de passage avait été désigné par tirage au sort, prirent un pot et un bol avant de se diriger vers leur place. Ensuite, ces neuf maîtres de cérémonie ouvrirent en même temps les neuf pots de thé. Les noms des pots étaient : Shikoku, Shōka, Sutego, Sahohime, Sōgetsu, Jōrin, Kubō, Udonge, Arami. Tous d'une contenance de six, sept ou dix *kin*[2]. Je ne pus malheureusement pas entrer dans la salle, mais mon cœur se serre au seul souvenir de l'atmosphère tendue qui régnait dans la pièce et que nous percevions. Comme si cette pièce nous avait renvoyé par ricochet cette énergie vitale, cette tension.

« Faire en sorte que les neuf pots soient ouverts en même temps était bien dans le style du Taïkō Hideyoshi : il aimait les gestes spectaculaires, des gestes auxquels personne n'aurait songé auparavant.

« Il fallut environ une heure pour que les feuilles de thé fussent réduites en poudre. Pendant ce temps, il s'installa à la place d'honneur dans une autre pièce où un banquet magnifique avait été organisé. Je dis

1. 1578. *(N.d.T.)*
2. 1 kin = 1,8 litre. *(N.d.T.)*

"Taïkō Hideyoshi", mais bien évidemment, il ne portait pas encore ce titre à l'époque, pas même celui de ministre ; mais personne au monde n'avait certes autant d'influence que lui. Il avait battu Monsieur Akechi à Yamazaki, la dixième année de l'ère Tenshō[1], et le clan de Shibata Katsuie à Sendake, l'année suivante. Ce fut juste après, alors que les récits de ses exploits s'estompaient un peu, qu'eut lieu cette cérémonie du Thé Nouveau. Il n'existe aucune note donnant le nom des personnes présentes, pas plus qu'il n'y en a, chose regrettable, pour décrire les ustensiles qui étaient pourtant, à n'en pas douter, des chefs-d'œuvre. Ne noter que les pots fut bien malavisé.

« Une fois le thé réduit en poudre et versé dans les pots, alors que les préparatifs s'achevaient, tous les invités qui se trouvaient jusque-là dans la salle des banquets vinrent s'installer dans la grande salle. Un spectacle vraiment magnifique ! On prépara d'abord un thé pour le Taïkō Hideyoshi, puis les autres burent à tour de rôle. Le Taïkō dut venir dans deux ou trois de ces espaces de cérémonie.

« Après avoir bu le thé, les invités retournèrent au banquet. A partir d'ici, et si vous me permettez une appréciation irrespectueuse, je dirai franchement que plutôt qu'une cérémonie du thé, l'affaire se transforma en un banquet magnifique et plein de gaieté.

« Il me semble que ce jour-là, du début jusqu'à la fin, mon Maître aussi traita comme il convenait le Taïkō Hideyoshi.

« Et puis, cinq jours plus tard, eut lieu une autre cérémonie qui dura une journée, celle-là, dans le même grand salon du château d'Osaka. Enfin, on a beau dire "journée", la cérémonie se déroula en réa-

1. 1580. *(N.d.T.)*

lité seulement de midi à environ quatre heures. Elle fut tout aussi animée que la précédente. Un dessin de Gyokkan, "Pluie de Nuit", était accroché dans le *tokonoma*. Devant ce dessin, il y avait un grand pot nommé "Sutego", l'étagère "Amagasaki" et un bol conique d'Amako.

« Les officiants, ce jour-là, étaient Maître Rikyū, ainsi que Messieurs Sōkyū et Sōkiu. Bien entendu, en cette saison, ils avaient préparé un âtre, plutôt qu'un brasero, et chacun d'eux occupa la place d'hôte, à tour de rôle.

« Les noms des participants furent consignés : Yūkan Matsuï, Yūsaï Hosokawa, Sōkun Imaï, Sōji Yamanoue, Kyūmusaï Kodera, Sōmu Sumiyoshiya, Sōshun Mitsuda, Ukon Takayama, Gennaï Shibayama, Sasuke Furuta, Shinsuke Matsuï, Sōsatsu Kanze et Hyōbu Makimura. Tous de célèbres hommes de thé de l'époque. Il y avait encore une dizaine de participants, parmi lesquels, il me semble, votre père, Shōan Sen, et votre parent Sōan Yorozuya.

« Cette cérémonie revêtit l'allure de folle gaieté de la précédente, avec le thé servi entre deux banquets. Pendant que je vous parle, ces festivités me reviennent en mémoire comme au travers d'une lanterne magique... Tout le monde était jeune. Monsieur Ukon avait à peine trente ans, Monsieur Oribe, Sasuke Furuta, la quarantaine... C'était le bon vieux temps d'il y a trente-quatre ou trente-cinq ans.

« De toute façon, je suppose que la plupart de ces hommes sont morts, aujourd'hui. J'ai récemment appris que Monsieur Sōkun Imaï était, lui, en bonne santé. J'imagine qu'il a à peu près le même âge que moi, Honkakubō, c'est-à-dire bientôt soixante-dix ans. Quant aux autres... Monsieur Sōsatsu Kanze s'est éteint le premier, si je ne me trompe. Imité par Monsieur Sōji, puis est venu le suicide de Maître

Rikyū, suivi par les disparitions de Messieurs Sōkyū et Sōkiu... Vingt ans se sont écoulés depuis. Messieurs Ukon Takayama et Oribe Furuta, si jeunes à l'époque, ont eu tous deux des destins tourmentés : le premier a été banni à l'étranger et le second a connu la fin horrible que vous savez. Shinsuke Matsuï, Hyōbu Makimura et Kenmotsu Shibayama, les samouraï fidèles de l'école de Maître Rikyū, sont tous morts. Oui, vingt ou trente ans ont passé...

« Une autre cérémonie, encore plus révélatrice des goûts du Taïkō Hideyoshi, ce fut celle du 3 janvier de la quinzième année de l'ère Tenshō[1], deux ans après les cérémonies d'octobre que je viens de mentionner. Elle était organisée pour le Nouvel An, mais aussi pour rendre hommage à Maître Sōjin Kamiya, de Hakata, arrivé dans la capitale depuis le mois de novembre, si ma mémoire est bonne. Nous étions très nombreux : samouraï de haut et de moindre rang et, bien entendu, tous les Maîtres de thé de Sakaï.

« Les trois maîtres de cérémonie étaient mon Maître et Messieurs Sōmu et Sōkyū. La décoration des salles ainsi que celle des étagères témoignaient d'un luxe insurpassable.

« Dans le *tokonoma* étaient accrochées trois œuvres de Gyokkan, associées à trois pots, disposés devant chaque rouleau : au milieu, "Jeunes Erables", avec un pot de quarante *koku* ; à droite : "Cloches Nocturnes du Temple Lointain" avec le pot "Œillets" ; et à gauche, "Oie sur la Plage" accompagnant le pot "Fleurs de Pins". Le couvercle des pots était recouvert de brocart vert clair noué d'un cordon rouge. Les ustensiles se devaient d'être superbes, aussi, pour convenir à cette décoration. Inutile de préciser que

1. 1585. *(N.d.T.)*

les plus belles pièces étaient disposées sur les étagères, devant les trois maîtres de cérémonie. Dans
ces cas-là, il devient difficile de choisir des hommes
de thé qui ne déparent pas.

« Une fois l'exposition des ustensiles terminée, le
repas fut servi, ce qui, étant donné le nombre impres-
sionnant de participants, se transforma vite en bous-
culade. J'avais la chance, ce jour-là, d'officier en tant
que serveur, et donc d'apporter des plats à plusieurs
reprises, ce qui me permit de voir ce qui se passait
dans la salle. Ce fut une confusion telle que Monsieur
Jibu (Mitsunari) Ishida lui-même se retrouva à faire
le service !

« Parmi cette assemblée, celui que l'on remarquait
le plus était bien évidemment le Taïkō Hideyoshi, qui
n'était à l'époque que simple ministre. J'ai conservé
des notes concernant sa tenue : "Un kimono de brocart, sous un kimono-pardessus blanc, en papier
doublé ; une ceinture rouge nouée de telle façon
qu'un des pans retombait jusqu'au-dessous des
genoux. Pas de chignon : les cheveux étaient attachés
par un bandeau de crêpe vert clair. Les vêtements
étaient si longs que, même debout, on ne pouvait
apercevoir les pieds !"

« Voilà à peu près à quoi il ressemblait. C'était
peut-être magnifique, mais c'était aussi étrange,
comme si un acteur s'était présenté dans la salle en
costume de scène ! Cela pouvait encore passer pour
le banquet... mais la cérémonie du thé succédant au
festin, il dut se présenter ainsi vêtu dans la salle ! Je
n'y ai pas assisté, toutefois Maître Rikyū m'a raconté
par la suite qu'il lui avait préparé un thé pris dans le
pot de quarante *koku*. Je ne sais quelle fut son attitude en lui offrant le bol, ni de quelle manière le
Taïkō le reçut... Voilà peut-être une réflexion inso-
lente de ma part, mais il y avait chez lui un côté
ingénu, innocent.

« Mon Maître a sans doute trouvé que le Taïkō Hideyoshi exagérait, pourtant je ne pense pas que cela l'ait dérangé et il l'a assurément traité comme il convenait, du début jusqu'à la fin. Ce n'est qu'une hypothèse de ma part, mais je pense qu'en échange il obligea son Taïkō à assister le même jour à une autre cérémonie de thé, simple et saine cette fois-ci, dans la petite salle de deux tatami du château.

« Ce que je dis là peut laisser entendre que le Taïkō Hideyoshi avait été obligé de faire construire la salle de thé de mon Maître à Yamazaki et de s'y rendre, mais il n'en est rien. C'était lui-même un excellent amateur éclairé, à sa manière. Et, plus que d'autres, il appréciait Yamazaki, ainsi que Myōkian.

« Cela peut vous paraître étrange que je parle de lui ainsi : le défendre tout à coup, malgré mon ressentiment vieux de vingt-huit ans à son égard ! Mais il s'agit là d'une impression que j'avais, bien avant qu'il n'ordonnât à mon Maître de se tuer : la colère et le ressentiment sont autre chose. Laissons-les de côté pour l'instant. Ce que je souhaite aujourd'hui, c'est vous dépeindre le plus exactement possible les manières candides du Taïkō, le côté enfantin de son âme, cette puérilité indicible.

« De la même manière que mon Maître fit preuve de patience, lors de cette grande cérémonie du 3 janvier de la quinzième année de l'ère Tenshō[1], je veux moi aussi me contenir. Le Taïkō Hideyoshi était rempli de contradictions : d'un côté, il aimait prendre le thé dans une petite salle, tranquillement, et de l'autre, mener les Maîtres de thé par le bout du nez, en oubliant toute mesure. Pour ce qui est de faire des folies, je suis certain qu'il aimait cela, mais aussi qu'il en avait compris l'utilité de temps à autre. Cette grande cérémonie était sans doute nécessaire pour

---

1. 1585. *(N.d.T.)*

rassembler les cœurs de tous les guerriers, afin qu'ils ne l'abandonnent pas et le suivent à la bataille. Sans cette sorte d'intuition, le simple petit vassal qu'il était n'aurait pu devenir plus tard ni conseiller ni Taïkō.

« Je suppose que mon Maître avait bien observé ses différents traits de caractère et qu'il l'a même aidé. Faisant grand cas des marchands de Sakaï lorsqu'il avait besoin d'eux et faisant de même avec ceux de Hakata lorsqu'il le fallait. Je pense que mon Maître acceptait de tenir son rôle sans trop s'emporter, se disant qu'après tout Hideyoshi et le thé simple et sain étaient deux choses différentes, et qu'il ne fallait pas tout mélanger. Pour faire triompher la Voie du Thé, il s'est servi du pouvoir du Taïkō Hideyoshi, lequel en était parfaitement conscient.

« Je crois que tous les gens présents à la cérémonie du Thé Nouveau et à celle qui eut lieu cinq jours plus tard, assistèrent aussi à la grande cérémonie du 3 janvier : Messieurs Oribe Furuta, Ukon Takayama, Sōji Yamanoue ainsi que nombre d'autres samouraï ayant atteint un haut niveau dans la cérémonie du thé.

« A mesure que je vous conte cette histoire et que je vous dépeins le Taïkō Hideyoshi revêtu de ces habits étranges et criards, dans la grande salle envahie par la foule, chaque détail de ce lointain passé me revient en mémoire, l'un après l'autre, exactement comme si je regardais à travers une lanterne magique : Monsieur Jibu Ishida tenant le rôle de serveur, Monsieur Sōmu Sumiyoshiya préparant le thé, Messieurs Sōtan Kamiya et Yūsaï Hosokawa, les invités, et ensuite le Taïkō, qui se lève et éclate de rire avec de grands gestes... Tout cela tourbillonne comme les images d'une lanterne magique !

« Et pourtant, quelles images creuses et tristes ! Peut-être parce que aujourd'hui la plupart des protagonistes sont morts ? Et c'est le Taïkō Hideyoshi qui me fait le plus sentir ce creux et cette tristesse : pourquoi donc s'était-il vêtu de cette manière bizarre et voyante ? Comme je vous l'ai dit plus tôt, cela avait peut-être un sens il y a vingt ou trente ans, mais aujourd'hui, je n'y vois que vide et tristesse. Quelques louanges qu'il ait reçues à l'époque, cela n'a plus aucun sens. Que s'est-il passé ? Le pardessus long et plat, la natte défaite, les cheveux attachés avec un tissu vert clair, et l'*obi* rouge, dont une extrémité pendait... Malgré son comportement, sa famille, son clan se sont éteints, la moitié de ses sujets sont morts et l'autre moitié a changé de camp. Vous savez bien ce qu'il est advenu de Monsieur Jibu Ishida ? Lui qui, parmi ceux qui servaient au palais, a même eu le privilège d'apporter le plateau, comment a-t-il pu finir ainsi ? Passe qu'il ait provoqué la bataille de Sekigahara mais que, suite à cela, il ait été décapité !

« Et pour les autres seigneurs féodaux, petits ou grands, il en va de même : ils s'agitent dans ma lanterne magique, mais devant eux se profilent déjà la bataille de Sekigahara, les sièges d'hiver et d'été d'Osaka : autant de grands malheurs... Comment devaient-ils s'en sortir ? Sans doute certains en ont réchappé et d'autres y ont perdu la vie. Mais même parmi ceux qui ont tiré leur épingle du jeu, peu sont encore de ce monde... Je ne sais pourquoi, je m'entête à vouloir voir les choses sous un mauvais jour. Comme je l'ai dit plus tôt, le Taïkō Hideyoshi surpassait tout le monde dans certains domaines, je le sais, mais malgré tout il semble que je n'arrive pas à le regretter...

« Une autre cérémonie qu'il convient de citer, parmi celles organisées par le Taïkō Hideyoshi, c'est cette gigantesque Fête du Thé de Kitano : elle eut lieu le 1er octobre de la quinzième année de l'ère Tenshō, la même année que celle dont je viens de vous parler. Monsieur Sōtan m'a dit que vous étiez né la sixième année de cette ère, vous aviez donc neuf ou dix ans à l'époque. Je ne pense pas que vous vous souveniez de l'agitation que cela occasionna dans Kyōto...

« Dix mois s'étaient écoulés depuis la cérémonie du Nouvel An, durant lesquels le Taïkō Hideyoshi avait été extrêmement occupé : l'expédition militaire dans la région de l'Est, la conquête de Kyūshū, et d'autres batailles... Il avait trouvé un petit moment de détente pour organiser un grand rassemblement du thé. C'était la meilleure époque, la plus active, du Taïkō Hideyoshi : sa grande ambition, l'unification du pays, étant presque achevée, il ne pouvait faire autrement que de diriger son trop-plein d'énergie vers les pays étrangers. Il avait environ cinquante ans : l'âge d'or d'un homme.

« Des pancartes avaient été installées çà et là, un mois ou un mois et demi avant la date prévue, lesquelles, si je me souviens bien, annonçaient à peu près ceci : "A compter du 1er octobre, et ce pendant dix jours, une grande cérémonie du thé se tiendra dans le bois de pins de Kitano. Tous, sans distinction de classe, riches et pauvres, jeunes et vieux, citadins et paysans, y sont conviés. Venez avec un bol, un chaudron, un seau, ou avec ce que vous avez. Si vous n'avez pas de thé, de la farine grillée fera l'affaire. Les salles devront être de deux tatami ; s'il n'y en a pas, les nattes de paille seront admises. A condition d'aimer le thé, cette annonce ne se limite pas aux Japonais, et les Étrangers seront aussi les bienvenus."

« Je me souviens que Maître Rikyū connut des journées très chargées pour préparer cet événement hors normes et sans précédent. Une fois l'affaire annoncée, il fallait bien la concrétiser... et en faire un succès ! J'imagine les soucis des maîtres organisateurs, dont mon Maître, Messieurs Sōkyū et Sōkiu.

« Quelques jours avant l'événement, j'ai accompagné mon Maître pour inspecter le site prévu : le bois de pins de Kitano. Il ne restait déjà plus de place : le sanctuaire regorgeait de petites maisons de thé, entre lesquelles s'agitaient pêle-mêle des charpentiers et des gens transportant des malles. Les nobles, les citadins, les Maîtres de Sakaï et ceux de Nara, chaque groupe construisait ses propres édifices. J'imagine les difficultés auxquelles se trouvèrent confrontés les officiers chargés de la répartition des terrains : depuis le pavillon des *soutra* jusqu'aux environs de Shokaïin se dressaient des maisons de thé... Quelqu'un m'a dit qu'il y en avait huit cents, un autre, mille, je ne connais pas le nombre exact. Il y en avait quatre pour le Taïkō Hideyoshi, juste devant le sanctuaire de Kitano, entourées d'une haie de roseaux.

« Le 1er octobre, jour de la fête, elles étaient occupées par le Taïkō Hideyoshi, Maître Rikyū, Monsieur Sōkyū et Monsieur Sōkiu, qui servaient le thé à un défilé ininterrompu de visiteurs, et on en avait compté plus de huit cent trois, lorsque les portes se fermèrent à midi.

« Il y avait nombre d'ustensiles précieux, trésors du Taïkō Hideyoshi, dans ces quatre maisons de thé. Je ne peux vous citer que ceux que j'ai vus dans celle attribuée à mon Maître : de grandes jarres de Sutego, un pot de Narashiba, un bol conique, un bol coréen, une spatule à la tête joliment recourbée, un bassin de Takotsubō, un repose-couvercle en bambou, un dessin de canards sur une plage de Gyokkan, un seau en bronze, un vase cylindrique de porcelaine, un pot de thé bombé... rien que des objets merveilleux !

« Mais quels étaient les objets réunis dans la maison de thé du Taïkō Hideyoshi ? Et ceux des maisons de Messieurs Sōkyū et Sōkiu ?... J'avais l'intention d'observer cela à loisir pendant dix jours, mais je ne le pus malheureusement pas ! Car cette Grande Fête du Thé de Kitano, censée durer dix jours, prit fin dès le premier. Aucune raison ne fut donnée pour cette annulation, mais il est indéniable qu'elle se produisit brutalement. Complètement désorientés, les huit cents à mille invités venus de Kyōto, Nara ou Sakaï, célèbres ou non, qui avaient préparé cette réunion, crurent bien entendu à une menace inconnue.

« C'est le Taïkō, seul, qui avait eu l'idée de cette fête. C'était bien là sa manière audacieuse. Rassembler les plus célèbres maîtres de thé et leur présenter ses plus beaux ustensiles à l'occasion de dix jours de fête, où tous seraient réunis : nobles et roturiers, riches et pauvres, sans distinction.

« L'après-midi du premier jour, toujours égal à lui-même, il se promena parmi les innombrables maisons de thé construites pour l'occasion, s'arrêtant de temps à autre afin de saluer un adepte du thé simple et sain. Il entra dans l'enclos d'Ikka, un homme du pays de Mino, et lui demanda du thé ; il admira l'originalité d'un nommé Hechikan, qui avait planté un grand parasol laqué en vermillon, entouré d'une haie de roseaux. D'après ce que racontent les gens, ce parasol suscita l'étonnement de tous, tant il resplendissait au soleil. S'amuser de ce genre de choses aussi était bien dans la manière du Taïkō...

« Et malgré cela, un peu après, à deux heures passées, ordre fut donné de démonter toutes les installations et de remettre la pinède en l'état, telle qu'elle était auparavant. Ordre immédiatement exécuté.

« Quelque temps plus tard, des rumeurs circulèrent, expliquant ce qui avait provoqué l'arrêt de la Grande Fête du Thé de Kitano. On avança la nouvelle d'un soulèvement le 1er octobre, dans la région de Higo, dû à une manœuvre politique maladroite de Narimasa Sasa. D'autres rumeurs insinuaient que les Maîtres de Sakaï, à commencer par Maître Rikyū, qui dirigeaient cette fête, avaient peut-être été désobligeants envers le Taïkō. On affirme encore que des ustensiles avaient disparu, que l'on avait arrêté un homme s'apprêtant soi-disant à assassiner le Taïkō... De toute façon, toutes ces rumeurs s'épuisèrent bientôt. Après tout, il n'y avait rien de plus à dire, sinon que la Grande Fête du Thé s'était interrompue pour une mystérieuse raison ignorée de tous.

« Pourtant, en y repensant à présent, quelque trente-deux ou trente-trois ans après, je crois que, si le Taïkō Hideyoshi interrompit sans plus de formalités les réjouissances qu'il avait lui-même organisées, la cause en revient au soulèvement de Higo dont la nouvelle dut lui parvenir le premier jour de la fête.

« Il ne s'agit là que de ma propre interprétation mais après tout, le Taïkō était d'abord un guerrier, un trait qui l'emportait chez lui : il recherchait la conquête absolue. Cette nouvelle inattendue n'at-elle pas obligé à se démasquer le vrai Taïkō Hideyoshi ? En un instant, il n'aura plus pu se concentrer sur le thé : cela montre peut-être ses qualités de guerrier hors du commun, mais qu'en était-il vraiment ? Personne ne pouvait voir au fond de son cœur et il n'était pas, par ailleurs, homme à se laisser deviner.

« Je ne crois pas que cela aurait changé grandchose si la Grande Fête du Thé s'était poursuivie comme prévu : que l'on ait continué ou non n'aurait pas eu grande influence sur la situation à Higo, et la révolte aurait été étouffée comme ce fut le cas. Mais le Taïkō Hideyoshi ne pouvait pas se contenter de cela : poussé par la colère, il ne pouvait accepter que la fête continuât. Il n'a vu d'autre solution que de tout interrompre sur-le-champ. Je crois qu'il a bien failli se montrer ivre de rage, à la fête, avec ce chignon défait que l'on ne voit que sur le champ de bataille. Cela n'aurait pas été la première fois : il avait bien assisté à une cérémonie du thé vêtu d'un étrange habit, le 3 janvier de la quinzième année de Tenshō !

« Le seul moyen de se maîtriser était d'annuler la fête et de démonter immédiatement les maisons de thé. Je pense que le Taïkō Hideyoshi était ce genre d'homme... Et s'il y avait au monde quelqu'un qui le connaissait bien, est-ce que ce n'était pas mon Maître ? Si quelqu'un peut connaître le cœur du guerrier jouant sa vie dans la conquête, non seulement à l'intérieur du pays, mais aussi jusqu'à l'étranger, cela ne peut évidemment être que Maître Rikyū, lui qui jouait sa vie dans le thé simple et sain.

« Cela n'est bien sûr que mon opinion : il est possible que je me trompe...

« Voilà tout ce que je peux vous raconter au sujet des cérémonies du Taïkō Hideyoshi dirigées par Maître Rikyū. Je ne sais si cela pourra vous aider, mais je m'estimerais très heureux si vous négligiez ce qui ne vous intéresse pas pour ne garder que ce qui pourra vous être utile.

« Vous m'avez encore posé une autre question, la dernière fois. Une question terriblement difficile, qui dépasse le petit moine que je suis : pour quelle raison mon Maître a-t-il reçu l'ordre de se donner la mort ? Vous connaissez la plupart des hypothèses et des rumeurs qui circulent dans le monde à ce sujet. Mais ce que vous voudriez, c'est que je vous donne mon avis sur la question, n'est-ce pas ?

« J'ai refusé alors de vous répondre. En réalité, je ne sais rien. Je n'ai jamais vraiment essayé de savoir, depuis vingt-huit ans : que je sache ou non, cela ne rendra pas la vie à Maître Rikyū, quelle qu'ait été la raison de sa mort ! Une malchance, c'est ce que je me suis toujours dit, et je n'ai jamais voulu me pencher plus avant sur la nature de cette malchance. Je n'ai jamais oublié ma colère ni mon ressentiment envers le Taïkō Hideyoshi, qui avait donné cet ordre pour une raison inconnue. Mais je me suis efforcé de ne pas me laisser envahir par la rancune, comme je vous l'ai déjà expliqué ce matin.

« Cependant, il est tout à fait naturel que vous, Monsieur Sōtan, le petit-fils de mon Maître, désiriez en savoir davantage. L'autre jour, de retour dans ma modeste masure, je me suis demandé pour la première fois (et c'était vraiment la première fois) pourquoi mon Maître avait dû connaître cette fin affreuse. Cette nuit-là, c'est à cela que j'ai pensé. Je n'arrivais pas à y croire moi-même ! Peut-être est-ce à cause du temps écoulé depuis l'affaire, vingt-huit ans ? Je vais donc vous faire part des idées qui me sont passées par la tête cette nuit-là. Mais ceci, c'est le point de vue, vingt-huit ans après, d'un homme qui a vécu dix ans aux côtés de Maître Rikyū... Je ne crois pas que cela pourrait remplacer une réponse, mais je voudrais commencer par vous parler des cérémonies qui eurent lieu au palais de Jurakudaï, durant les six mois qui précédèrent le drame.

« L'autre jour, vous m'avez rapporté plusieurs rumeurs qui circulent dans le monde pour expliquer la cause de la mort de mon Maître : l'affaire de la porte du temple Daïtoku-ji, le commerce d'ustensiles, le fait qu'il aurait abusé des grâces du Taïkō Hideyoshi, qu'il représentait les Maîtres de Sakaï, lesquels auraient pris trop de pouvoir dans le monde du thé, qu'il était en relation avec les "modérés" au sujet de l'invasion de la péninsule coréenne... et bien d'autres histoires, encore ! Ces rumeurs, je les ai entendues à plusieurs reprises durant toutes ces années. Qu'elles continuent de circuler laisse à penser qu'il n'y a pas de fumée sans feu !

« Mais personne n'a l'air de savoir où mon Maître

s'est donné la mort : à Sakaï ou dans la capitale ? C'est étrange...

« Enfin, de toute façon, je n'ai pas le pouvoir de juger de ce problème, moi qui ne suis même pas qualifié pour donner mon avis... Mais voilà, lorsque j'entends ces rumeurs, mon cœur se remplit de tristesse.

« Si quelqu'un connaissait la vérité sur la mort de mon Maître, ce devait être Messieurs Sansaï Hosokawa et Oribe Furuta, mais je suis tenté de ne pas le croire. Lors de mes deux rencontres avec Monsieur Oribe Furuta, à la fin de sa vie, il semblait ne rien y comprendre et se contentait d'affirmer que si mon Maître l'avait demandé il aurait été gracié... mais, après tout, lui non plus ne demanda pas grâce ; il ne se justifia pas, et il se donna la mort ! N'ayant jamais rencontré Monsieur Sansaï Hosokawa, je ne peux parler pour lui, mais savait-il vraiment quelque chose ? S'il en avait été ainsi, il aurait eu beau s'en cacher, le bruit aurait fini par s'en répandre.

« Maître Rikyū, qui avait provoqué sa propre mort, et le Taïkō Hideyoshi, qui l'avait ordonnée, sont morts tous deux, à présent, et le monde a beaucoup changé avec l'avènement de Tokugawa. J'ignore ce qui poussa Monsieur Sansaï Hosokawa à dissimuler la cause de cet ordre avec tant de persistance. Et si lui-même l'ignorait, cela veut dire que personne ne peut révéler l'origine de la colère du Taïkō Hideyoshi envers mon Maître ; car il s'agissait bien de colère, puisqu'elle mena jusqu'à un ordre de mort ! Et cela ressemble fort au Taïkō Hideyoshi. Quant à l'arrêt soudain de la Grande Fête du Thé de Kitano, personne non plus ne peut donner d'explication...

« Je vous l'ai dit, après être rentré chez moi, le jour où je suis allé vous voir, j'ai pensé pour la première fois aux différentes causes possibles de cet ordre de mort, et il me revint immédiatement à l'esprit les cérémonies du thé qui eurent lieu dans le pavillon de Rikyū, au palais de Juraku, de l'automne de la dix-huitième année de l'ère Tenshō au début de l'année suivante[1].

« Jusqu'ici, j'avais toujours cru que mon Maître, ayant pressenti sa fin, avait organisé des cérémonies d'adieu, et que tous les invités, ignorant cela, recevaient le thé préparé par Maître Rikyū dans la salle de deux tatami ou dans celle de quatre tatami et demi, pour ce qui était en fait leur adieu à mon Maître. Voilà ce que je pensais...

« Cependant, l'autre soir, j'ai changé d'avis : mon Maître n'avait rien deviné de sa fin tragique. Il faisait toujours beau, cet automne-là, et ce nouvel an l'était aussi, beau et calme, malgré le froid mordant. Et pendant ces six mois, mon maître prépara le thé trois fois par jour : matin, midi et soir. Il a bien dû organiser une centaine de cérémonies durant cette période. Jamais mon Maître ne s'était adonné à son art avec tant de zèle, me montrant que, pour l'homme de thé, il suffit de se consacrer au thé. Durant ces six mois, le Taïkō Hideyoshi vint cinq fois : deux fois en septembre, une en octobre, puis au début de l'année suivante, les 13 et 26 janvier. Le 13 janvier, il vint accompagné de Monsieur Toshiie Maeda et de l'apothicaire. Pour lui, c'étaient des gens de confiance : Monsieur Maeda avait environ cinquante-cinq ans et l'apothicaire, la soixantaine, était un peu plus vieux que lui. Le Taïkō aimait bien discuter avec des gens de son âge, lorsqu'il n'avait pas de souci.

« Celui qui l'accompagnait le 26 janvier était Monsieur Uraku Oda. Je crois qu'il était un peu plus jeune que lui et, entre eux, la conversation portait essentiellement sur les ustensiles. Ce n'est pas moi qui le

---

1. 1588. *(N.d.T.)*

dis : je le tiens de mon Maître, qui m'en avait parlé vers cette époque. Face à Monsieur Uraku et à mon Maître, le Taïkō commentait à son idée les ustensiles célèbres, et peut-être même en oubliait-il le temps qui s'écoulait.

« Cette cérémonie en compagnie de Monsieur Uraku marqua la dernière visite du Taïkō Hideyoshi, visite qui précéda d'environ quarante jours l'exil de mon Maître à Sakaï. Il ne se passa rien de spécial durant cette période.

« Mon Maître organisa encore vingt-sept cérémonies : pour des daïmyōs, des nobles, des artisans et commerçants, des hommes de thé... toutes sortes de gens, mais uniquement des habitués. Parmi ces vingt-sept cérémonies, il y en eut trois à un seul invité : au matin du troisième jour de janvier pour Monsieur Sado Matsuï, au matin du onzième pour Monsieur Terumoto Mōri et au matin du vingt-quatrième pour le Shōgun Ieyasu. Monsieur Sado Matsuï était le principal vassal du clan Hosokawa, proche de mon Maître ; Monsieur Mōri, le doyen du clan Tōyōtomi, envoyé plus tard à l'étranger comme général en chef lors de la bataille de Bunroku, vint trois fois durant ces six mois, toujours en qualité d'invité unique.

« Après la cérémonie avec le Shōgun Ieyasu, le palais de Juraku devint soudain très calme : plus d'invités, plus de visiteurs... à dater de cette époque, une atmosphère insolite régna autour de mon Maître. Lui voulait, à n'en point douter, continuer de recevoir des invités, préparer le thé, échanger des propos intimes, mais convenables, avec des amis, comme par le passé. Cette convivialité aurait dû durer toujours, mais elle s'acheva tout à coup, autour du 24 janvier embolismique, lorsqu'il invita le Shōgun Ieyasu et que nous apprîmes la nouvelle de la mauvaise humeur du Taïkō Hideyoshi ; dès lors, la situation changea totalement.

« Même moi, je sentis que les nuages s'amoncelaient soudain autour de mon Maître. Il n'entrait plus guère dans sa salle de thé : à la place, il se rendait fréquemment au temple Daïtoku-ji ; il recevait la visite de Messieurs Sansaï ou Oribe, et le soir, il leur écrivait. Ce furent une succession de jours sans calme...

« En me remémorant cette époque, vingt-huit ans après, je me dis que si personne ne sut la nature véritable de la colère du Taïkō Hideyoshi, nous sûmes en tout cas qu'elle était telle qu'il ne permit pas à mon Maître d'aller le trouver, pas plus qu'il se montra disposé à prêter l'oreille à un arrangement.

« Nous ignorions le motif de ces reproches et rien n'est plus embarrassant ! Messieurs Sansaï et Oribe, et d'autres encore, eurent beau faire, cela ne donna rien... du moins je le pense.

« Quand je songe à la colère du Taïkō, lui qui avait accordé tant de bienfaits, qui avait donné tant d'importance à son Maître de thé, je ne peux faire qu'une supposition : Maître Rikyū aura fait part à quelqu'un de son opinion défavorable au Taïkō, au sujet de l'expédition en Corée... et cela sera arrivé aux oreilles de ce dernier qui préparait cette expédition depuis longtemps, patiemment, car il voulait s'y engager avec toutes ses forces.

« Je ne peux concevoir d'autre hypothèse. Le Taïkō ne tolérait aucune opposition. Sans doute mon Maître aura-t-il commis une erreur sans s'en rendre compte ; cela se passa de toute évidence durant l'une des cérémonies, dans la salle de deux tatami, ou dans celle de quatre tatami et demi. Pourquoi le Taïkō Hideyoshi, qui avait été capable d'interrompre la Grande Fête du Thé de Kitano sur son seul caprice, n'aurait-il pu en finir de même avec mon Maître, à ce moment-là ?

« Mon Maître fut probablement obligé d'accepter son bannissement à Sakaï sans même en connaître la cause. Bien sûr, il avait sans aucun doute une idée sur la question, mais il lui fut interdit d'obtenir une explication de la part de son Seigneur.

« Si vous me permettez encore une supposition, je pense que les rôles de mon Maître et du Taïkō s'inversèrent pendant l'exil : celui-ci, ayant repris son sang-froid, voulut rappeler Maître Rikyū, mais ce fut ce dernier, cette fois-ci, qui refusa.

« Pourquoi Monsieur Rikyū n'a-t-il pas demandé grâce ? "Il aurait été sauvé, s'il l'avait fait... Je voudrais connaître les pensées de Monsieur Rikyū, à la fin de sa vie..." Ce sont les paroles de Monsieur Oribe Furuta ; sa voix résonne encore à mon oreille. Je voudrais adresser cette même question à mon Maître, qui se donna la mort il y a vingt-huit ans déjà... Il y répondra un jour. Il répondra certainement, si nous lui posons la question. Mais cela dépasse les capacités de Honkakubō : c'est vous, Monsieur Sōtan, qui accomplirez cette tâche à ma place. Depuis quelques jours, cette idée m'obsède. »

Dernier chapitre

Le 24 décembre — beau temps, forte gelée blanche
Note : septième année de l'ère Genna, 4 février de
l'année suivante, selon le calendrier solaire[1].

J'ai appris la disparition de Monsieur Uraku il y a
trois jours seulement. Il est décédé dans sa maison
de Shōden-in, le 13 décembre. C'est le patron de Daïtokuya qui me l'a annoncé. Il a ajouté que les
obsèques auraient lieu aujourd'hui, à une heure de
l'après-midi, sur les rives de la rivière Kamogawa, au
niveau de Gojo. Je savais, depuis l'été dernier, Monsieur Uraku paralysé, mais je ne croyais pas qu'il
mourrait si rapidement, à l'âge de soixante-quinze
ans ! Si je l'avais envisagé, je serais allé lui rendre
visite ; je regrette de ne pas l'avoir revu... mais il est
trop tard, à présent. Moi-même, je me sens affaibli,
depuis quelques années. Trouvant pénible de mon-
ter jusqu'à Kyōto, je m'en suis abstenu et ne suis
donc pas allé souvent à Shōden-in...
    La dernière fois que j'ai vu monsieur Uraku, c'était
l'an passé, en octobre, alors que l'on avait sorti ses
ustensiles de thé afin de les aérer. J'ai passé une
excellente demi-journée à écouter ses commentaires,

1. 1621. *(N.d.T.)*

uniques et intéressants, car il ne qualifiait jamais directement rien de « bon », même si cela était le cas. Ce fut notre ultime rencontre.

Un homme sans importance comme moi ne saurait être invité officiellement aux funérailles d'un grand homme comme lui. Je désirais pourtant lui faire un adieu de loin, aussi je partis à dix heures du matin. Par malheur, je fus pris de frissons, après le passage d'Ichijōji, en arrivant à Takano. Je demandai à un paysan de ma connaissance de me laisser me reposer chez lui, et je fus obligé de renoncer à assister discrètement aux obsèques... Quelle honte !

Mon ami m'offrit un repas et je restai jusqu'au soir, moment où je pus rentrer. La lune se montra certainement tard. Un garçon de ferme m'accompagna, mais, à mi-chemin, me sentant bien et dépourvu d'inquiétude, je l'engageai à s'en retourner.

Jusqu'à la sortie du village d'Ichijōji, je pouvais apercevoir les lumières des maisons et, parfois, à l'intérieur de celles qui se trouvaient près de la route, des familles réunies. Mais après la dernière maison, je ne vis plus rien jusqu'à Shūgakuinguchi. Je marchais lentement, dans les ténèbres ; je suis habitué à ce chemin droit et plat : j'avançais donc sans crainte.

Je ne sais au bout de combien de temps j'aperçus une vague lumière. Je m'arrêtai et levai la tête pour chercher la lune... il n'y en avait pas : le ciel était d'encre.

Je me remis en marche. Après avoir cheminé quelque temps, je songeai que j'empruntai ce même sentier sur lequel j'avais accompagné mon Maître, en rêve. Cette pensée me vint tout naturellement. Et je ne me trompais pas. Un long chemin de graviers, qui se déroulait, triste et glacé. Sans un arbre, sans un brin d'herbe : un long, très long chemin de petits cailloux. Dans mon rêve, je m'étais demandé pourquoi il glaçait l'âme ainsi s'il ne menait pas vers l'autre monde ? A présent encore, ce même senti-ment m'animait. La seule chose certaine était que ce n'était pas un chemin de ce monde. Il n'y régnait ni jour ni nuit ; seule flottait une faible lumière.

Alors que je prenais conscience de me retrouver sur le même chemin que dans mon rêve précédent et où mon maître marchait devant moi, je me ren-dis compte que cette fois encore, il était là. Mon cœur comprit cela tout naturellement. C'était assu-rément mon Maître ! C'était bien lui que je voyais. La dernière fois, cela s'était terminé par un profond salut d'adieu à son intention, sans un mot. Mais je savais qu'en réalité je ne m'étais pas séparé de lui, et que j'avais continué de l'accompagner : comment aurais-je pu l'abandonner sur ce chemin irréel et triste ? Cette fois, au contraire de la précédente, je laissai plus de distance entre lui et moi et je le sui-vis de loin. Après ma séparation première, impos-sible de procéder autrement.

Dans mon rêve, j'avais trouvé effrayant qu'un tel chemin aille de Myōkian jusqu'à la capitale. Mais à présent, le chemin que nous suivions entrait dans Kyōto, traversait Juraku, avant de sortir de la ville et de continuer, toujours plus loin. Et tout au bout de la route, mon Maître marchait, seul. Dans l'inca-pacité de voir son visage, je ne pouvais pas entendre, non plus, le bruit de ses pas. Bien que m'étant déjà séparé de lui, je ne cessais de me tourmenter à son sujet, et je l'accompagnais.

Nous étions sortis de Myōkian depuis un bon moment. Jusqu'où donc menait ce chemin ? Il était à l'usage exclusif de mon Maître. Lui mis à part, per-sonne ne pouvait l'emprunter. Comment un autre que lui oserait-il s'y aventurer ?

« Maître ! Où allez-vous donc ? Vers où vous diri-gez-vous ? » pensai-je. Et, comme j'allais crier de nouveau : « Maître ! » je trébuchai et me tordis le

pied. A cet instant, le murmure de la rivière Takano-
gawa, que je n'avais pas entendu jusqu'ici, vint résonner à mes oreilles. Dans le même temps, je pris
conscience que j'étais sur la route du retour à mon
logis, à Shūgakuin. Les traces de pas s'effacèrent, le
chemin triste et glacé disparut, et je n'eus plus
devant moi que ce banal sentier de campagne, sans
précipice ni champs, plongé dans l'obscurité. Nous
étions en décembre, à une heure avancée de la nuit.
Rien d'étonnant par conséquent que mon âme fût
glacée, tout autant que mon corps.

Je pris un raccourci à Shūgakuinguchi. Ne réus-
sissant toujours pas à arrêter mes frissons, j'arrivai
chez moi tremblant et titubant, me précipitai dans
la pièce au sol en terre battue et me laissai tomber
près du foyer. Comme la femme du voisin avait
entretenu le feu, je dormis là jusqu'au matin suivant.
Ma fièvre ne tomba pas de deux jours.

Le 29 décembre — beau temps

Ce matin, j'ai rangé ma literie et j'ai passé tout le
reste de la journée assis près du foyer. Ces quatre ou
cinq derniers jours, c'est la femme du voisin qui m'a
apporté mes repas, mais aujourd'hui, pour la première fois, je me suis préparé moi-même une bouillie
de riz. Jusqu'à hier, je n'avais pas d'appétit, mais j'ai
l'impression de me rétablir peu à peu. Je ferais mieux
d'être prudent dorénavant en ce qui concerne mes
sorties en plein hiver. A la réflexion, je n'aurais pas
dû m'aventurer dehors alors que je couvais la
grippe...

Est-ce parce que je n'ai pu dire un dernier adieu à
ses mânes ? Toujours est-il qu'aujourd'hui, je n'arrête
pas de penser au Monsieur Uraku d'antan, et je passe
toute la journée en sa compagnie. Quoi qu'on en

dise, c'était, parmi les guerriers, l'une des rares personnes à bien connaître mon Maître. Il ne reste plus guère que Monsieur Sansaï Hosokawa à avoir été proche de lui. Monsieur Uraku m'avait affirmé à l'époque que Monsieur Sōkun Imaï se portait bien, à Sakaï, mais cela ne signifie pas qu'il en aille de même aujourd'hui. Je n'ai rencontré Messieurs Sansaï et Sōkun que du vivant de Maître Rikyū, il me semble donc que, même si je les revoyais, nous n'aurions pas grand-chose à nous raconter.

En ce qui concerne Monsieur Uraku, j'avais pu rester en contact avec lui : à chacune de nos rencontres, il me racontait une ou deux anecdotes concernant mon Maître. Cela dura quatre ans seulement à partir de la construction de Joan à Shōden-in, en octobre de la troisième année de Genna[1]. Avec son caractère généreux, chaque fois que nous nous voyions, il s'adressait à moi aimablement et ne manquait jamais de me parler de mon Maître. Il s'exprimait d'un air sévère, mais je voyais bien qu'au fond il lui portait une grande affection. De ce point de vue, il fut pour moi un homme irremplaçable. Sa tombe se trouve au temple Shōden-in et j'espère m'y rendre au plus tôt, sitôt le printemps revenu.

Je voudrais faire part du décès de Monsieur Uraku à mon Maître, mais ce dernier ne me répond plus depuis dix ans. Lorsque j'ai emménagé à Shūgakuin, j'entendais sa voix tous les jours, ou plutôt, toute la journée ; je passai mon temps à parler avec lui. Rien de la sorte, maintenant... Au cours des ans, mes tentatives se sont espacées, et naturellement, il a répondu de moins en moins. Ce doit être dû à l'usure du temps... Hélas ! trente ans déjà que mon Maître s'en est allé. Trente ans, également, depuis la mort de Monsieur Sōkyū, trente et un depuis celle de Mon-

---

1. 1617. *(N.d.T.)*

sieur Sōji et vingt-huit depuis celle de Monsieur Sōkiu ; et des temps difficiles ont suivi la mort des Grands Maîtres de thé...

Un jour, Monsieur Uraku m'a raconté, plaisantant à demi, que Monsieur Sōkyū avait peut-être conspiré contre mon Maître. Je me souviens qu'il leur arrivait d'être en désaccord... Mais ces trente dernières années auront effacé tout cela.

Il y a longtemps, déjà, que Monsieur Ujisato n'est plus ; et Monsieur Kōkeï, du temple Daïtoku-ji, s'en est allé voici plus de vingt ans. Le bannissement de Monsieur Ukon, le suicide de Monsieur Oribe : la tristesse reste et fait encore souffrir mon cœur. Six ans après s'éteignait Monsieur Tōyōbō, cet incomparable amateur éclairé. Monsieur Kōsetsusaï est parti douze ans plus tard... Le temps avale, repousse et efface tout. C'est accablant ! Honkakubō aussi sera pris par le courant du temps... mais dans mon cas, mes traces seront complètement anéanties.

Le soir venu, je repensai aux nombreuses choses que m'avait racontées Monsieur Uraku de son vivant, et je me mis à réfléchir à celles qui m'intriguaient. Je ne me souviens pas quand, mais il m'avait dit un jour :

« Parmi toutes les cérémonies de Monsieur Rikyū, quelle fut la plus réussie ? Vous, Monsieur Honkakubō, pourriez-vous me dire celle que vous considérez comme la meilleure ? »

Je lui avais alors indiqué celle dont mon Maître fut l'hôte avec Monsieur Sōkyū pour le seul invité. Elle avait eu lieu à l'aube, au plus fort de l'hiver. Monsieur Sōkyū était arrivé à quatre heures, à peu près au moment où la neige s'était mise à tomber. A ce point de mon récit, Monsieur Uraku m'avait interrompu :

« Ce n'est pas vraiment cela, le thé ! Un homme de thé prenant le thé avec un autre homme de thé, avec la neige pour décor en plus ! Ah quel stéréotype ! Pour ma part, il ne m'est arrivé qu'une seule fois dans ma vie d'assister à une cérémonie digne de ce nom... »

Écartant définitivement mon récit, il entama le sien :

« Monsieur le Gouverneur de Nagato, Shigenari Kimura, qui connut une fin prématurée à Kawachi, durant le siège d'été d'Osaka, était venu me voir dans ma salle de thé, six mois avant sa mort. Il avait déjà prévu de mourir six mois plus tard. Pour lui, c'était sa dernière occasion de partager un thé dans cette vie. Cela, je l'avais bien compris... Comment dire ? C'était la cérémonie de sa décision de mourir, l'acceptation de sa propre mort... Et il m'a permis d'assister à ce moment. Là, je me suis dit que voilà ce qu'était le thé. »

Le visage grave de Monsieur Uraku à ce moment revient flotter devant mes yeux. Une expression si rare chez lui qui, en général, ne se laissait jamais aller à montrer ses sentiments. Cette fois-là était une exception : sans doute avait-il été extrêmement impressionné par l'attitude de Monsieur le Gouverneur Kimura.

D'après les rumeurs, contrairement à ce dernier, Monsieur Uraku se serait enfui du château d'Osaka avant le siège d'été. Peut-être cet homme avait-il senti, lors de cette cérémonie, qu'il n'égalerait jamais quelqu'un comme le gouverneur Kimura ?

En songeant à tout cela, je me souvins que Maître Rikyū m'avait raconté quelque chose du même genre :

« J'ai un jour organisé une cérémonie pour Monsieur Jikkyū Miyoshi-Butsugaïken, la quatrième année d'Eïroku[1], à Sakaï. Il avait pressenti sa fin, qui survint un an plus tard. Du moment de son arrivée jusqu'à son départ, ce fut une cérémonie exceptionnelle de bout en bout : l'hôte avait beau être l'aîné de cinq ou six ans, il n'égalait pas son invité. »

Mon Maître avait dit cela de la même façon que Monsieur Uraku, me semble-t-il. Il m'avait aussi parlé d'une autre cérémonie, avec Monsieur Ukon Takayama :

« Il était mon cadet de trente ans, et pourtant, ce jour-là, je me rendis compte que, quoi que je fasse, je n'arriverais pas à l'égaler. Et pas seulement ce jour-là, mais toujours. Il avait renoncé à lui-même et était parvenu au bout du chemin. Une telle sérénité est hors du commun. Personne ne peut y atteindre. »

Cela se passait à la fin décembre de la dix-huitième année de l'ère Tenshō[2]. A propos de pressentiment de la mort, pourquoi mon Maître n'avait-il pas prévu qu'à peine deux mois après il trouverait la sienne, alors que Monsieur Ukon, lui, s'était résigné à un exil qui survint vingt-quatre années plus tard, comme si cela devait arriver le lendemain ?

Quoi qu'il en soit, tout comme mon Maître, j'ai toujours jugé moi aussi Monsieur Ukon un être remarquable. Si je devais citer une attitude admirable dans la salle de thé, c'est la sienne que je choisirais. Je ne saurais dire bien évidemment ce qu'est un chrétien, mais si l'on s'en tient à l'acceptation de la mort, elle a toujours existé chez lui. Peut-être mon Maître pensait-il qu'il ne pourrait l'égaler sur ce plan-là. Maître Rikyū avec Monsieur Ukon Takayama et Monsieur Uraku avec le gouverneur Kimura, chacun d'eux avait reconnu franchement ce qu'il ne pourrait

1. 1561. *(N.d.T.)*
2. 1591. *(N.d.T.)*

égaler. Savoir reconnaître ses limites, c'est la marque d'un Grand Maître parmi les Grands Maîtres.

Dans les propos de Monsieur Uraku au sujet de mon Maître, une autre remarque me préoccupe.

« Monsieur Rikyū a assisté à la mort de nombreux samouraï m'avait-il dit un jour. Combien d'entre eux ont dégusté le thé préparé par Monsieur Rikyū avant d'aller trouver la mort sur le champ de bataille ? Quand on a assisté à la mort de tant de guerriers, on ne peut pas se permettre de mourir dans son lit ! »

C'était sa façon à lui de l'exprimer, mais du jour où j'ai entendu ces paroles, je n'ai pas pu les oublier. Monsieur Uraku disait avoir eu l'honneur d'assister à la cérémonie de résolution de mourir de Monsieur le Gouverneur Kimura. Mon Maître a sans aucun doute eu l'occasion d'assister à bien plus de cérémonies de ce genre concernant des personnes que je ne connais pas, comme Hisahide Matsunaga, Jikkyū Miyoshi, Kamon Seta, Hyūganokami Akechi, et sans doute bien d'autres encore. En tout cas, ce sont les noms mentionnés par mon Maître à l'époque. Tous ces guerriers très versés, dit-on, dans l'art du thé, sont morts au combat avant que j'entre au service de Maître Rikyū.

Mon Maître m'a raconté que les plus remarquables apparitions du Taïkō Hideyoshi dans sa salle de thé se produisirent au cours des dixième et onzième années de l'ère Tenshō[1]. La dixième année de Tenshō est celle où il vainquit Monsieur Akechi à Yamazaki, et l'année suivante vit sa victoire sur Monsieur Katsuie Shibata à Kitanosho. Il se peut qu'en ces deux occasions, le Taïkō ait organisé ces cérémonies, avec Maître Rikyū pour témoin, avant de partir rencontrer son destin, sa mort.

1. 1583-1584. (N.d.T.)

Voici ce que m'avait dit entre autre choses, Monsieur Uraku, ce premier soir où il m'avait invité.

« Monsieur Rikyū était extraordinaire ! Il suivait sa propre route. Il avait sa propre vision du thé. Il avait fait du thé d'agrément quelque chose de plus sérieux. Cela ne veut pas dire qu'il avait fait de la salle de thé un temple zen, mais un lieu pour s'y donner la mort. »

Ce fut la seule et unique fois qu'il prononça l'éloge de mon Maître en ces termes. Et c'est parce qu'il l'avait ainsi loué que je revins souvent lui rendre visite par la suite.

Qu'est-ce que cela peut bien vouloir dire ? Nul doute, en effet, que mon Maître ait suivi son propre chemin : dans mon rêve, également, n'était-il pas seul, sur ce triste chemin glacé et désolé ? « Il a fait du thé d'agrément quelque chose de plus sérieux »... De quoi s'agit-il donc ?

« Il en a fait un lieu pour s'y donner la mort »... Je ne comprends pas, et pourtant, ces phrases incompréhensibles ne me paraissent pas étranges. Elles ne sont ni désagréables ni méprisantes. Je ne connais pas leur signification, mais je sens, en tout cas, qu'elles ne comportent aucune intention blessante ou dédaigneuse à l'égard de mon maître.

Que pouvait donc être ce triste chemin, que l'on aurait envie de nommer chemin de l'autre monde ? Que peut donc être ce chemin, qui va tout droit, depuis Myōkian jusqu'à Yamazaki ? Pourquoi mon Maître avançait-il, solitaire, en un tel lieu ? J'ai beau chercher, je ne comprends pas. Pourtant, je l'ai moi-même emprunté, ce sentier, par deux fois, pour accompagner mon Maître : une fois en rêve, et une autre fois, dans les délires mystérieux de la forte fièvre qui me prit le soir des funérailles de Monsieur Uraku.

La question continuera sans doute de me hanter

jour et nuit un certain temps, encore... Est-ce dû à la vieillesse ? Depuis l'an dernier, lorsqu'un fait quelconque me tourmente, je n'arrive plus à penser à autre chose ! J'ai atteint, et même dépassé d'un an, l'âge de mon Maître à sa mort.

Le 7 février — beau temps
Note : huitième année de l'ère Genna[1],
le 18 mars du calendrier solaire.

A l'aube, un rêve.

Je suis assis dans l'antichambre. Mon Maître est dans la salle même, à la place d'hôte, je ne sais depuis quand. Je n'entends aucun bruit, mais suis sûr qu'il est là. Sa simple présence transforme l'atmosphère de la pièce.

Trois témoins sont déjà arrivés ; ils sont dans le bureau. J'aperçois parmi eux Monsieur Maïta Awajinokami. Je ne connais pas les deux autres, mais j'ai déjà parlé avec Monsieur Maïta, lors d'une de ses visites à Juraku, dans le pavillon de mon Maître. Il était avec Monsieur Uheï Hasegawa, dans la salle de quatre tatami et demi, à la cérémonie du matin du 22 novembre de la dix-huitième année de Tenseï[2]. Ce fut probablement sa dernière cérémonie avec Maître Rikyū. Je viens d'apprendre qu'il est ici aujourd'hui pour tenir le rôle d'assistant au *seppuku,* par ordre direct du Taïkō Hideyoshi. Je pense que cela doit être pénible pour lui, mais qu'à l'opposé cela doit être rassurant pour mon Maître.

J'entends soudain la voix de mon Maître s'adressant à quelqu'un :

1. 1622. *(N.d.T.)*
2. 1590. *(N.d.T.)*

« Je m'excuse de ne pas vous avoir vu depuis longtemps. »

Il y a une autre personne dans la salle : qui donc
participe à la dernière cérémonie de mon Maître ?

« Monseigneur... », s'élève à nouveau la voix de
Maître Rikyū.

Je reçois un choc : puisqu'il dit : « Monseigneur »,
il ne peut s'adresser qu'au Taïkō Hideyoshi. Mais
alors, quand et comment celui-ci est-il entré dans la
salle ?

Dans le même temps retentit un bruit semblable à
celui de cailloux frappant le toit, et qui va en s'ampli-
fiant. C'est la grêle. Mais là encore, elle a une façon
étrange de tomber : le tapage est tellement intense
qu'on dirait qu'il englobe le ciel et la terre. A travers
ce vacarme, j'entends la voix de mon Maître. Ce
sont ses dernières paroles. Ne voulant pas en perdre
un seul mot, je tends l'oreille, je m'incline en
m'appuyant d'une main sur le tatami.

« La première fois que j'ai eu l'honneur de vous
rencontrer, c'était dans la salle du château d'Azuchi,
qui venait juste d'être construit. Je vous ai servi un
thé à la cérémonie organisée par Monsieur Nobunaga. Vers cette époque, Monsieur Nobunaga vous a
confié le château de Nagahama. Vous étiez jeune,
environ quarante ans.

— Oui, j'étais jeune.

— Il y avait de nombreux ustensiles, autrefois propriété d'amateurs de Sakaï, mais confisqués par
Monsieur Nobunaga. Entre autres, un tableau de
fruits, ancienne possession de Monsieur Sōkyū, un
pot de Komatsujima ayant appartenu à Monsieur
l'Apothicaire, le vase en forme d'orange de Monsieur
Jōjū Aburaya, un pot cubique de Hatsuhana, une
spatule en bambou de Monsieur Hōōji.

— ...

— Vous les avez appréciés à leur juste valeur, en

vous félicitant que la possession en soit passée des citadins de Sakaï au Seigneur Nobunaga.

— Ah bon ?

— Monsieur Nobunaga vous avait donné la permission d'organiser des cérémonies du thé la sixième année de l'ère Tenshō[1], si je ne me trompe. Vous avez organisé votre première cérémonie à l'automne de cette même année, au château de Miki, dans la région de Banshū : une cérémonie du Thé Nouveau de Monsieur Chikushū, mais vous ne m'avez pas invité ce jour-là.

Quatre années plus tard, à la fin de l'automne, j'étais présent, avec les Maîtres Sōkyū et Sōkiu, à Myōkian de Yamazaki. C'était un mois après les grandes funérailles de Monsieur Nobunaga, au temple Daïtoku-ji. Vous étiez vraiment superbe, à ce moment-là. L'année suivante, vous avez organisé des cérémonies en janvier et février, à Myōkian, et à Sakamoto, en mai. Vous m'avez invité chaque fois, et j'ai occupé la place d'hôte à partir de Sakamoto. Je n'ai pas oublié : le rouleau de Kidô, appartenant à Monsieur Ikushima, de Kyōto ; le vase cylindrique de porcelaine bleue, de Monsieur Dōkun Araki ; le brasero scellé ; le pot de Shōō à la forme arrondie ; le bol conique de Daïkakuji ; le bassin de Takotsubo ; le bol coréen, pour que les autres invités puissent boire à tour de rôle...

— Vous avez bonne mémoire !

— Oui, je m'en souviens bien. Ce fut un grand jour, pour moi. Depuis lors, je vous ai servi pendant huit ans, jusqu'à aujourd'hui et à mon dernier jour. Je ne puis trouver de mot pour vous remercier de vos faveurs et de votre générosité, avant que nous ne nous quittions.

— Inutile de nous séparer.

1. 1578. (N.d.T.)

— Si, si. J'ai reçu votre ordre de mort.

— N'insistez pas trop !

— Je n'insiste pas. Vous m'avez déjà beaucoup donné : mon rang actuel d'homme de thé, le pouvoir, votre honorable grand soutien pour le style sain et simple, et enfin la mort, votre plus grand cadeau. Grâce à cela, j'ai compris, pour la première fois, ce qu'est le thé. Depuis que vous m'avez exilé à Sakaï, je suis tout à coup devenu libre, non seulement physiquement mais moralement aussi. Durant de longues années, j'ai discouru sur le thé sain et simple, mais avec prétention et des gestes vides de sens. Il me semble que cela m'a tourmenté tout au long de ma vie. Mais soudain, lorsque la mort s'est approchée, que j'ai dû l'affronter, il n'y a plus eu ni affectation ni gestes vides. La simplicité est devenue pour ainsi dire la substance de la mort.

— Allons, allons ! Mieux vaut ne pas insister !

— Monseigneur parle de la sorte aujourd'hui, mais vous étiez sérieux lorsque vous avez dégainé votre sabre. Car vous l'avez bien dégainé ! C'est pourquoi, moi aussi, Sōeki, je dois dégainer à mon tour mon sabre d'homme de thé.

— ...

— Monseigneur, vous m'aviez jusqu'alors accepté tout entier : avec mes bons et mes mauvais côtés. Et puis vous n'avez plus pris que les bons. Et à présent, vous m'avez rejeté totalement.

— Si l'on va par là, n'est-ce pas ce que vous-même avez fait : prendre ce qui était bon à prendre ?

— C'est exact, et c'était bien ainsi. Vous avez pourtant dégainé votre sabre. C'est pourquoi, en tant qu'homme de thé, je ne peux faire autrement que dégainer le mien. Tout comme vous devez, vous Seigneur, préserver certaines choses, je dois, moi Sōeki, en préserver d'autres. Il eût mieux valu que vous ne me menaciez pas de votre sabre nu mais que, dans votre colère, vous me tuiez sur-le-champ. Dans ce cas, il n'y aurait pas eu de problème. Mais les événements se sont passés différemment...

— ...

— Je vous ai déplu et vous m'avez ordonné de mourir. Lorsque vous m'avez exilé à Sakaï, vous vous êtes montré tel qu'en vous-même, sans ostentation et sans honte. J'ai entendu votre voix : "Depuis le début, il m'importe peu de savoir ce qu'est le thé, ou le thé sain et simple ; simplement, je lui ai fait l'honneur de le fréquenter !" Et c'est parce que vous vous êtes dévoilé sous votre vrai jour que, moi aussi, j'ai dû devenir le vrai Sōeki. Grâce à vous, j'ai l'impression de m'être réveillé d'un rêve qui durait depuis trop longtemps.

— ...

— Vous étiez superbe, lorsque vous entriez dans la salle de thé ; vous étiez également un très grand expert. Pourtant, votre rôle le plus remarquable est sans aucun doute celui de guerrier. Par votre colère, l'autre jour, vous avez rejeté tout ce que signifie le thé pour révéler votre vrai visage. Grâce à quoi, moi Sōeki, je me suis réveillé d'un long cauchemar, pour devenir l'homme de thé Sōeki. En m'appuyant sur votre pouvoir, j'avais essayé d'édifier ici-bas un endroit qui n'ait aucun rapport avec la richesse, la façon de penser ou de vivre de ce monde... Mais c'était perdu d'avance. Il suffisait que je sois assis là, tout seul. Au lieu de quoi, j'ai sottement voulu y faire entrer beaucoup de gens. Une erreur monumentale. Cela, je l'ai compris, pour la première fois, lorsque vous m'avez ordonné de mourir. Plutôt que « compris », je devrais dire que j'ai pris la mesure de ce que j'avais oublié depuis longtemps. J'ai pu me ressouvenir du débutant qui avait construit la salle de deux tatami de Myōkian. Cette salle, je l'avais construite pour m'y tenir, moi, Sōeki. Malgré cela, je vous y ai invités, vous et tant d'autres...

— ...

— En me rendant compte de cela, je me suis senti revivifié. La salle de thé de Myōkian était le château de l'homme de thé Sōeki. Il n'y avait pas même un soldat. C'était le château où Sōeki s'enfermait, seul, pour se battre contre les tentations du monde. Et malgré cela, à Kyōto aussi bien qu'au château d'Osaka, ces salles furent construites pour les autres, et j'y ai fait pénétrer de nombreuses personnes qui ne pouvaient être sauvées... C'était une grande erreur de ma part. Je croyais qu'en recourant à votre pouvoir, je pourrais les sauver... Je m'étais bien trompé !

— ...

— Le monde du thé sain et simple, qui peut dire à quel point il fut incommode pour moi ! Pourtant, lorsque, pour le protéger, il me fallut donner ma vie en échange, en un instant il s'anima pour devenir monde de liberté.

— ...

— Depuis mon départ pour Sakaï, sur votre ordre, j'ai vu la mort approcher. La cérémonie du thé est devenue la cérémonie de ma décision de mourir. Aussi bien, quand je prépare le thé et quand je le bois, je suis paisible. La mort est tantôt mon hôte, tantôt mon invitée. Mon Maître, Shōō, m'a dit autrefois : "On dit que la quintessence de la poésie est un univers froid, desséché et épuisé... Je voudrais que celle du thé soit semblable." Je me dis parfois, que je me trouve dans cet univers-là...

— ...

— Quand j'y repense, de nombreux guerriers se sont assis avant moi dans cette atmosphère de glaciale froideur. Je revois ces guerriers célèbres dans la salle de thé... Et n'étais-je pas plus éloigné de l'esprit du thé, moi qui me raccrochais à votre puissance et à votre protection ? J'en éprouve une grande honte.

— Je sais, je sais ! Ressaisissez-vous et servez-nous un autre thé ! N'avez-vous donc aucun ustensile digne de ce nom ?

— J'ai un bol, un pot et une spatule. Rien d'autre. Depuis la construction de Myōkian, j'avais résolu de jeter, un à un, les objets superflus. Mais on a beau jeter, à la fin, il reste soi-même... Et, l'heure de m'abandonner moi-même est enfin venue.

— En voilà assez ! Continuez donc de travailler pour moi, comme par le passé. Pourquoi affectez-vous un air si soumis ?

— Parce que vous êtes bon. Quand j'y repense, vous avez toujours été bon pour moi, depuis notre première rencontre, au château d'Azuchi. Vous êtes la personne qui fut la plus aimable avec moi, en ce monde.

— Je ne dégainerai plus mon sabre !

— Impossible ! Si vous ne le faisiez pas, vous cesseriez d'être mon Seigneur. La rancune est peut-être ce qui vous l'a fait dégainer, l'autre jour, et c'est normal que vous fassiez sentir votre puissance, lorsque vous êtes en colère. Il n'y a que vous, en ce monde, pour pouvoir ordonner la mort de n'importe qui. Pour en arriver là, vous avez mis maintes fois votre vie en jeu.

— Je sais... Mais il est inutile que vous vous donniez la mort.

— Si, j'y suis obligé. Beaucoup de gens se sont rassemblés pour assister à la dernière cérémonie de Sōeki.

— Où cela ?

— Il y a déjà beaucoup de monde dans la grande salle : et parmi la foule ils sont nombreux ceux qui vous combattirent et furent vaincus par vous. Faites attention, vous ne devriez pas...

« — Qu'est-ce que vous dites ?

— Je vous en prie, relevez-vous. Bon, eh bien ! c'est ici que nous nous séparons, Monseigneur.

— ...

— Monseigneur... »

En un instant, le silence se fit dans la pièce. Le Taïkō Hideyoshi s'était relevé, sans doute, mais on n'entendait plus aucun bruit. Comment avait-il pu sortir de ce lieu sans ouvrir la porte ? La seule hypothèse que je puisse avancer est qu'il s'était évaporé dans les airs.

Après sa disparition, comment se fait-il que mon Maître pût rester seul ? Alors que cette pensée me tourmentait, j'entendis sa voix :

« Qui est là ?

— C'est moi, Honkakubō.

— Ah ? Honkakubō ? C'est gentil d'être venu. Je suis très touché. »

Je ne pus répondre sur-le-champ, mais au bout de quelques instants, j'articulai enfin :

« Je suis venu vous faire mes adieux.

— Nous nous sommes déjà quittés une fois, sur cette triste route... je croyais qu'il s'agissait de notre séparation ; mais tu es revenu me faire tes adieux ?

— Cette fois-là, je n'ai pas pu vous quitter : je suis retourné, tout de suite après, sur cette route, et je vous ai accompagné, en retrait.

— Cette route, elle est pour moi seul. Tu ne dois pas t'y engager.

— Pourquoi cela ?

— C'est la route de l'homme de thé Rikyū. Il y a une route différente pour chaque homme de thé : celle de Maître Shōō, celle de Monsieur Sōkyū, celle de Monsieur Tōyōbō, que tu as bien connu... Et Rikyū — est-ce un bien ou un mal ? — a choisi cette route glacée et désolée, en cette époque troublée.

— Jusqu'où continue-t-elle donc ?

— Elle se poursuit sans fin. Toutefois, lorsque viendra la paix, plus personne probablement ne s'en souviendra. Puisque c'est la route du seul Rikyū, c'est bien qu'elle disparaisse avec lui.

— Cette route est pour vous seul, Maître ?

— Oui et non. Un peu plus loin, devant moi, marche Monsieur Sōji Yamanoue ; et s'il y a quelqu'un derrière moi, cela doit être Monsieur Oribe Furuta. Voilà, c'est fini. »

La voix de mon Maître s'interrompit net. Et depuis, je ne l'ai plus entendue.

Combien de temps s'était écoulé ? Ou peut-être ne s'était-il écoulé que quelques secondes ? En entendant les pas de plusieurs personnes dans le jardin, je sus que la cérémonie secondaire était sur le point de commencer.

Il y a nécessairement un assistant, mais on n'entend aucune voix venant de la salle de thé. Je ne perçois que l'atmosphère extrêmement tendue de la pièce. A la place d'hôte, il me semble voir la silhouette de mon Maître. Qui peut être celui qui, arrivé le tout premier, se tient près de la petite entrée ? C'est là que je porte mon regard. Je ne devrais normalement pas pouvoir apercevoir cette entrée-là, depuis la salle de préparation, et pourtant, chose étrange, j'ai une vue parfaitement dégagée.

Le premier à entrer, qui me semble avoir pris de l'embonpoint et être un peu gêné dans ses mouvements, est le Shōgun Ieyasu. Il est normal qu'après la fin de la cérémonie officielle, seul à seul entre mon Maître et le Taïkō Hideyoshi, le Shōgun Ieyasu vienne ensuite pour cette cérémonie secondaire.

J'aperçois ensuite Messieurs Toshiie Maeda et Shōō ; un peu plus tard, Messieurs Terumoto Mōri, Sado Matsui, l'apothicaire, Uraku Oda, Sansaï Hoso-kawa, Sōshitsu Shimaï, Ukon Takayama, Tamibe Toda, Shirōjirō Chaya, Sōwa Hariya et Sōan Yorozuya. Ce sont tous les proches qui ont assisté aux cérémonies organisées par mon Maître à la fin de sa vie, de l'automne de la dix-huitième année de l'ère Tenshō, au début de l'année suivante. Daimyōs, nobles et citadins tous ensemble, ce sont les gens qui ont entouré mon Maître à cette époque.

Un peu plus tard, Messieurs Kōkeï et Shunoku, du temple Daïtoku-ji, apparaissent. A cet instant, je me demande combien d'invités vont bien pouvoir tenir dans cette salle de deux tatami ? Il y a déjà au moins une vingtaine de personnes, à l'intérieur ! Alors que je m'interroge sur l'étrangeté d'un tel phénomène, j'aperçois Messieurs Sōkyū et Sōkiu qui arrivent par la petite entrée. Même en utilisant la salle et l'anti-chambre, on ne peut y faire tenir tant de gens.

Dans ma jeunesse, au temple, j'ai entendu dire que des centaines, des milliers de gens se rassemblaient dans un sanctuaire minuscule, pour écouter les ser-mons de Yuimakitsu : le même fait se renouvelle aujourd'hui, dans ce lieu-ci.

Alors que je médite là-dessus, arrivent les guerriers Hisahide Matsunaga, Hyūganokami Akechi, Jikkyū Miyoshi, Kamon Seta et Jibu Ishida. Il y a là des gens déjà morts au combat et d'autres qui y mourront. Tout est mélangé. Le dernier de ces samouraï à appa-raître est Monsieur Sakon Tomita. Environ quarante à cinquante personnes se sont rassemblées dans cette petite pièce.

Et la grêle recommence à tomber furieusement, semblant englober le ciel et la terre. Maître Rikyū est sur le point de commencer la cérémonie. Je me dis qu'il faudrait que, moi aussi, je fasse quelque chose. C'est alors que je vois Monsieur Sōji Yamanoue qui, un peu en retard, essaye de pénétrer par la petite entrée. Il ne reste plus de place dans la salle, aussi demeure-t-il dans cette posture, avec seulement la moitié du corps à l'intérieur ; il regarde de mon côté, mais sa physionomie est terrifiante : il est couvert de sang.

Et au moment où je me dresse pour aller l'arrêter, d'un seul coup, je suis expulsé du rêve.

Aussitôt éveillé, je me lève. Si mon rêve doit reprendre, ce sera au moment du début de la cérémonie de Maître Rikyū. Je m'assois sur le lit, rajustant mon kimono de nuit, pour profiter de cette dernière cérémonie.

Les invités sont de toute façon très nombreux ; Maître Rikyū doit posséder une grande force pour pouvoir introduire tant de personnes dans une petite salle de deux tatami.

Quel effet bizarre que d'assister, en rêve, à la scène du suicide de mon Maître, trente ans après l'événement... J'ai pourtant réfléchi jour et nuit, depuis un mois, aux paroles de Maître Rikyū, que Monsieur Uraku m'a rapportées, et à ce chemin glacé et desséché. Peut-être est-ce pour cette raison que je fais un tel rêve, aujourd'hui ? Un proverbe dit : « Le rêve, c'est la conséquence de la fatigue de toutes les parties du corps. » Il est indéniable que mon corps est trop fatigué et je crains de ne pouvoir passer l'hiver...

Après un moment, je me rends aux toilettes. A travers la petite fenêtre, je vois tomber des flocons de neige. Il doit être aux alentours de quatre heures. Le rideau de la nuit ne s'est pas encore dissipé.

Je reviens dans ma chambre. Il fait terriblement froid, mais comme je n'ai pas envie de me recoucher, je reste assis. Quant à mon Maître, il s'apprête à commencer l'ultime tâche de sa vie, après sa dernière cérémonie. Il entrera dans son bureau, saluera les trois témoins et s'installera à l'endroit prévu.

Si l'on pouvait intégrer le temps réel à celui du rêve, mon maître serait actuellement dans le bureau : le moment du suicide approche.

Je suis resté assis une heure, puis je me suis levé, et j'ai allumé le feu pour réchauffer mon corps glacé. Lorsque j'ai pu recommencer à penser, je me suis demandé où se passait la scène de mon rêve. Puisque c'était un rêve, je ne peux exiger aucune précision, mais je peux bien dire que cela devait être Myōkian, à Yamazaki. C'est la salle où Monsieur Sōji Yamanoue avait déclaré : « Le néant n'anéantit rien ; c'est la mort qui abolit tout. » Dans cette salle, moi, Honkakubō, j'ai assisté à la dernière heure de mon Maître ; j'ai conversé avec lui. S'il y avait, dans les paroles de mon Maître, des points que Honkakubō n'était pas capable de comprendre, il y en avait quantité d'autres incompréhensibles pour quiconque. Mais il me les a bien expliqués, avec ses propres mots, apportant les réponses aux questions que je me pose nuit et jour, depuis quelque temps.

Il y a un chemin glacé et desséché, sur lequel avance Maître Rikyū ; devant lui, marche Monsieur Sōji Yamanoue ; derrière lui, Monsieur Oribe Furuta. Je crois que c'est cela que mon Maître veut me montrer. C'est cela à quoi je repense, sans cesse. Lorsque Messieurs Sōji et Oribe reçurent l'ordre de se donner la mort, ils acquirent, pour la première fois, une certitude, la même que mon Maître. Ils découvrirent ce qui est le plus important pour l'homme de thé : préparer sereinement le thé, laisser faire le destin et ne pas tenter d'y échapper. Il me semble que c'est un état que Honkakubō ne peut pas connaître...

Fin du journal.

Ainsi, je viens de vous présenter le journal d'un certain Honkakubō, que j'ai intitulé : *Les Cahiers posthumes*...

J'ai modifié ses écrits, avec mon propre style, et en ajoutant certains commentaires, mais il est encore très difficile de déterminer le jour de la mort de l'auteur. Je ne peux affirmer qu'il ne vécut pas encore longtemps après le rêve du 7 février de la huitième année de l'ère Genna[1], qui avait pour thème la mort de Rikyū. Il a cessé de tenir son journal, depuis ce jour. Le reste ne consiste qu'en notes griffonnées, sur deux ou trois feuilles de papier japonais.

Sur l'une d'elles, j'ai retenu le passage suivant : « Le 2 août : envoyé en cadeau, par messager, un bol et une spatule. » Je ne saurais préciser à quelle année se rapporte ce 2 août, mais il me semble naturel de penser qu'il s'agit de la huitième année de l'ère Genna. Si je ne me trompe pas, cela veut dire que Honkakubō survécut encore au moins six mois après avoir interrompu son journal.

Je ne sais à qui il a offert le bol et la spatule mentionnés. Toutefois, s'il s'agit de ceux reçus de Rikyū, il n'aura pu les envoyer qu'à Monsieur Sōtan, sur lequel il fondait beaucoup d'espoirs pour le rétablissement du style sain et simple. Cela n'est bien sûr qu'une hypothèse et je n'ai aucune preuve... Il pour-

1. 1622. *(N.d.T.)*

rait bien s'agir du bol noir de Chōjirō, que Rikyū lui avait donné. Quant à la spatule, il la tenait probablement de Rikyū, mais je ne sais si c'est ce dernier qui l'avait fabriquée.